달빛 조각사

달빛 조각사 12

2008년 9월 10일 초판 1쇄 인쇄
2008년 9월 11일 초판 1쇄 발행

지은이 남희성
발행인 이종주

편집장 김진웅
기획 팀장 김명국
책임 편집 이세종

발행처 (주)로크미디어
출판등록 2003년 3월 24일
주소 서울시 용산구 청파동3가 119-2 진여원BD 5층
Tel (02)3273-5135 Fax (02)3273-5134
홈페이지 rokmedia.com · E-mail rokmedia@empal.com

값 9,000원

ISBN 978-89-257-0568-2 (12권)
ISBN 978-89-5857-902-1 04810 (세트)

달빛 조각사 12

남희성 게임 판타지 소설

로크미디어

차례

The Legendary Moonlight Sculptor

결전의 날

드디어 토둠을 정벌하는 날.

마판은 초조하게 시간이 가기만을 기다리고 있었다.

“무슨 일이 있어도 퀘스트를 성공해야 돼.”

상인이라서 전투에 참여하진 않겠지만 그는 매우 절박했다.

베르사 대륙에서 마차에 가득 샀던 물품들!

토둠 정벌에 실패하면 악성 재고가 되는 것이다.

지금까지 사냥을 하면서 잡템들을 두둑하게 구입을 했다지만, 토둠에 교역품을 팔고 얻을 수 있는 이득에는 비할 바가 아니다.

“이렇게 세금을 안 내는 최고의 마을이 있다니 믿을 수가 없어."

베르사 대륙에 있는 마을들에서는 통행세와 교역세를 내야 된다. 소득이 났을 때 모라타에 납부해야 하는 소득세 외에도 다양한 세금이 있었던 것이다.

대도시에서는 이렇게 추가로 붙는 세금들이 만만치가 않다.

오크들의 마을에서도 그들끼리의 사회가 구성되어 있었기에 세금을 납부해야 했다.

그런데 뱀파이어들은 이러한 세금과는 거리가 먼 종족이었다.

마판은 흥분으로 가슴이 떨려 왔다.

"아무리 이윤이 많이 남더라도 세금을 안 내도 돼."

경제학과를 다니면서 제일 흥미롭게 배웠던 과목이 세법이었다.

예컨대 회사에 취직을 하기 위해서 면접을 본다고 치자.

요즘에는 별 특기들이 많다.

"영어를 완벽하게 마스터했습니다."

외국어 1~2개쯤이야 못하는 사람이 드물다.

"컴퓨터 활용 능력이 뛰어납니다."

컴퓨터는 중학생도 웬만큼은 다루는 시대다.

기업 인턴이나 봉사 활동, 대회의 수상 경력도 결정적인 강점은 되지 못한다.

"자네는 뭘 잘하나?"

그렇게 인사부장이 물어봤을 때에 결정적으로 상대를 압도할 수 있는 특기!

"탈세! 탈세가 주특기입니다!"

"헉!"

"지금까지 정상적으로 세금을 납부해 본 적이 단 한 번도 없습니다."

그야말로 기업에서 최고로 원하는 인재상이 아니던가!

화령은 붉은 드레스를 꺼내 입었다.

몸매를 고스란히 드러내어 줄 뿐만 아니라, 비싼 보석들이 치렁치렁 걸려 있는 고급스러운 옷이었다.

화령은 스스로의 몸매를 돌아보고는 고개를 끄덕였다.

"이 정도면 썩 나쁘지 않네."

나쁘지 않은 정도가 아니었다. 남자들을 유혹하는 강력한 마력!

어떤 남자라고 하더라도 시선을 떼지 못할 정도의 위력을 가졌다.

"라. 라라라."

화령은 콧노래를 부르며 춤을 추었다.

달빛 아래에 유혹적인 춤을 추고 있는 그녀. 신비롭고 뇌쇄적이라고 표현해도 좋을 정도의 광경이었지만, 정작 그녀가 춤을 추는 이유는 매우 단순했다.

'위드 님도 대규모 전투 전에는 이런 식으로 즐겼어. 나도 따라 해 봐야지!'

위드를 따라서 달밤에 춤을 추고 있는 것이었다.

큰 전투를 앞두고 분위기를 타는 습관!

나쁜 짓은 쉽게 오염되는 법이다.

깊은 밤, 3개의 달이 떠오르는 토둠에서 위드는 야트막한 야산에 올랐다.

"드디어 결전의 시간이 왔군."

빛을 흡수하여 검게 빛나는 탈로크의 갑옷과 고귀한 기품의 검은 헬멧, 뱀파이어의 망토와 검은 부츠까지 신었다.

다크 나이트.

완전한 흑기사의 차림새였다.

위드는 바위에 한쪽 다리를 올린 채로 폼을 잡으며 언덕 아래를 보며 서 있었다.

뱀파이어 왕국, 토둠이 그대로 내려다보인다.

오래된 성들이 수십 개나 연결되어 이루어진 모습은 대단히 고풍스러운 광경이었다.

새벽 일찍, 그것도 발룬, 고룬, 세이룬의 3개의 달이 낮게 떠올라서 분위기를 띄운다.

사실 해가 뜨지 않는 토둠에서는 낮과 밤의 구분이 따로 없다. 일정한 시간이 되면 3개의 달이 높이 떠오르는데, 그 때는 대낮처럼 무척 환하다.

그때부터가 아침이 시작되는 것이다.

마침 위드가 서 있는 언덕 위로 세이룬이 떠서 비추고 있었다.

휘이잉!

그리고 절묘하게 바람이 불었다.

위드가 오매불망 기다리던 순간!

이렇게 좋은 풍경에서 분위기를 잡고 있는데, 적당한 바람마저 불어온다.

'이럴 때일수록 서두르면 안 되지.'

최대한 우아하고 멋들어지게 위드는 헬멧을 벗었다.

"후후후."

위드는 옅은 미소도 지었다.

개방된 머리카락이 바람에 휘날리고 있다. 망토도 펄럭거린다. 생명을 장담하기 힘든 전투를 앞두고 홀로 고독을 즐기는 전사의 모습!

'역시 이 맛이야!'

한참 폼을 잡으면서 언덕 아래를 보며 서 있었다. 그러다가 불쑥 오른손으로 검을 뽑았다.

차가운 로트의 검.

얼음의 기운을 담고 있는 빙설의 검이다.

공격력은 지금 위드의 수준으로 볼 때 그리 높다고 할 수 없지만 매일 검날을 갈아서 예리하게 빛이 난다.

'이게 전부가 아니지.'

위드는 왼손으로는 고대의 방패를 들었다.

최고의 대장장이인 드워프들이 심혈을 기울여서 제작한 방패.

미스릴과 알 수 없는 동물의 뼈로 제작되었다. 원래 아름다웠을 무늬에는 때가 잔뜩 끼어서 알아볼 수는 없었다.

검게 퇴색된 방패에 수리도 불가능한 제품. 그럼에도 최고의 유니크 아이템이다.

능력을 완전히 이끌어 내어 사용하기 위해서는 방패 활용술이 필요하지만 중급 대장장이 스킬 덕분에 착용할 수는 있었다.

여기에 니플하임 제국의 보물 중 하나인 바하란의 팔찌까지 착용했다. 귀중한 물건이라서 애지중지했으면서도 특별히 꺼내서 팔에 찼다.

정교하게 세공된 보석 팔찌가 어울리지 않는 화려함을 더해 준다.

"역시 난 최고야."

위드는 한 손에는 검을, 다른 한 손에는 고대의 방패를 들고 바람을 맞으면서 그렇게 서 있었다.

흰색의 장갑은 색깔이 어울리지 않아서 일부러 착용하지 않았다. 맨손을 드러내면서까지 지키고 싶었던 카리스마!

위드는 입을 열었다.

하나의 갑옷을 만들었네
세월이 흘러도 변하지 않는 강철의 갑옷
해가 지고 달이 지고
바람이 불고 비가 와도
절대로 상하지 않는 갑옷을 만들어야지

두들겨라
우르릉 쿵쾅 쿵쾅
겉모습은 금칠을 해야지
그래야만 비싸게 팔린다네

어디까지 알아보고 오셨어요?
3골드?
안 돼요, 안 돼
원가가 얼만데……

최소한 7골드는 받아야 되네

원래 밑지고 장사하는 건데 첫 손님이라서 봐 드립니다

어느덧 3개의 달이 떠오른 아침이 되었다.

위드가 언덕 아래로 내려왔을 때에는 일행이 모두 모여 있었다. 눈가가 붉게 충혈되어 마치 조금도 쉬지 못한 듯한 모습이지 않은가.

위드가 의아해서 물었다.

"무슨 일이라도 있었습니까?"

"아. 아니에요. 별일 없었어요."

화령이 고개를 저었지만 그녀는 정말 악몽과도 같은 새벽을 보냈다.

페일, 메이런, 이리엔, 모두 긴장하여 약속한 시간보다 훨씬 일찍 접속을 했다. 새벽부터 갖은 상념들을 다 하고, 또 일부는 폼을 잡으면서 시간을 보냈다.

그러던 와중에 들려온 위드의 노래!

'최악의 음치!'

'거기에 무슨 저런 가사가 다 있지?'

위드의 노래를 듣다 보니 머리가 깨질 듯이 아파 왔다. 그 탓에 전혀 쉬지를 못한 것이었다.

그것도 무려 4절까지 있는 노래!

그들이 어렴풋이 기억을 하는 건 2절까지였다. 그 후부터는 정신이 혼미해져서 떠올릴 수도 없었다.

내 망토는 바람에 날린다
깃발처럼 펄럭펄럭
밤에는 따뜻하게 덮고 잘 수도 있지
언제 빨았는지는 아무도 몰라
망토에 몸을 숨기고 적을 노려본다
킁킁
냄새가 나는구나
망토에서 이상한 냄새가 난다

"꼭 무슨 일이 있었던 것 같은데."

"……."

위드의 말에 일행은 굳게 입을 다물었다.

어쨌든 간에 막상 토둠으로 쳐들어갈 시간이 되었다고 생각하니 긴장감 때문에 사소한 일에는 따지고 싶지 않았다.

그때 검치 들이 하나 둘 접속을 했다.

도장에서 접속을 하는 것이기 때문에 정확히 약속 시간에 맞춰서 일제히 들어온 것이다.

"오셨습니다, 스승님. 사형들."

"그래."

검치가 마치 산보라도 나온 것처럼 느긋하게 인사를 받았다.

페일과 마판이 눈을 마주쳤다.

'검치 님은 그렇더라도, 다른 분들은 긴장을 하고 있을 거야.'

'아무래도 보통 때와는 조금 다르시겠지.'

검둘치는 평소처럼 대사형답게 믿음직스러운 얼굴이었고, 검삼치와 검사치는 다소 들떠 있었다.

"이걸로 방송 출연인가?"

"열심히 싸우기만 하면 되는 거지."

"평소 모습을 보여 주면 되는 거야."

"얼짱 각도로 찍혀야 될 텐데."

프로그램 위드의 방송 개시!

시청률은 낮게 시작했지만, KMC미디어에서 정규 방송을 했고 그러면서 출연을 하게 되었다는 데 매우 고무적이었다.

검치 들은 상황을 즐기고 있었다.

그런데 제피가 위드의 주변을 살피더니 고개를 갸웃했다.

"위드 님, 그런데 유린 님이 보이지 않습니다만."

올 사람은 모두 왔는데, 유린만이 나타나지 않았다. 그래서 질문을 던진 것이었다.

위드는 알고 있다는 듯이 미미하게 고개를 끄덕였다.

"유린이는 안 올 겁니다."

"넷?"

"오늘은 집에서 푹 쉬라고 했습니다."

"……."

일행의 불안감이 급상승했다.

'역시 여동생은 빼돌린 거야!'

'평소 위드 님의 성격이라면 얼마든지 가능한 일이겠지.'

오해가 아니라 사실이었다.

실제로 위드는 이번의 전투를 굉장히 힘들게 전망하고 있었다.

'여기 모여 있는 사람들 중에 몇 명이나 살 수 있을까.'

위드는 속으로 생각했다.

처음에 뱀파이어의 땅에 왔을 때에는 검치 들만 505명이나 되었다. 위드와 페일을 비롯한 동료들까지 합하면 516명이나 되는 대인원이었다.

그런데 거듭되는 전투를 거치면서 이제 인원이 삼분의 일 가까이 줄어들었다. 검치 들이 353명밖에 살아 있지 않은 것이다.

다른 동료들도 결코 안전하다고는 볼 수 없다. 애초에 전투력이 부족한 마판이나 세에취를 포함하여 모두가 위험했다.

금방 다가올 전투를 떠올렸는지 오늘만큼은 모두 시끌벅

적하게 떠들고 있지는 않았다.

"저만 믿으십시오. 최대한 많이 살려 보겠습니다."

위드의 비장한 각오에 메이런과 세에취의 가슴이 살짝 떨려 왔다.

'시작이구나.'

'전쟁의 신이라고 하는 그의 진실한 면모를 볼 수 있는 거야.'

마법의 대륙에서 어떤 퀘스트, 던전이라고 해도 격파했던 위드의 전설!

그런 위드와 함께 토둠을 격파하는 선봉에 서게 된 것이었다.

위드는 평소답지 않게 푸짐한 아침 식사를 만들었다.

"잘 먹겠습니다!"

"예, 많이들 드세요. 이게 살아서 먹는 마지막 음식이 될지도 모르니."

"……."

지금까지 저급 재료들만을 사용해서도 상당한 맛을 내었는데, 이번에는 사냥을 통해 어렵게 획득한 고급 재료들을 마구 사용했다.

중급 6레벨의 요리 스킬!

뱀파이어의 땅에서 검치 들의 뒷바라지를 하느라 드디어 중급 6레벨에 올랐다.

높은 스킬 레벨의 비결은 역시 잡일을 하는 것 이상이 없었다. 길을 다니면서 약초를 발견하면 보이는 족족 잡초 뽑듯이 캐냈다.

그러다 보니 약초학도 어느새 중급 9레벨이 되었다. 스킬 레벨이 이 정도쯤 되면 아무 곳이나 땅을 파면 최소 고구마라도 캘 수 있을 정도의 경지였다.

여기에 손재주도 고급 4레벨이나 된다.

위드가 이 모든 정화를 쏟아 부어 만들어 낸 요리는 약선잡탕죽!

다양한 고급 재료들 간의 조합을 맞추는 데에는 죽 이상의 것이 없었다.

-몸에 대단히 좋은 요리를 드셨습니다.
체력이 40% 늘어납니다.
생명력이 25% 상승합니다.
마나가 13% 증가합니다.
힘이 36 올랐습니다.
민첩이 22 올랐습니다.
독에 대한 저항력이 36% 늘어납니다.
스태미나가 잘 줄어들지 않습니다.

한 그릇의 요리에 담긴 재료들의 가격은 무려 53골드!

물론 위드가 만들 수 있는 요리 중에 가장 비싼 음식은 아니었다.

대도시라면 200골드가 넘는 요리 재료들을 하나도 아니고 여러 가지를 넣어서도 만들 수 있다. 하지만 이곳에서는 사냥을 통해 구한 재료들이었다.

귀한 재료들을 써서 만든 요리였던 만큼 효과는 확실했다.

만들어 낸 맛깔나는 음식들은 입에 넣는 순간 살살 녹아들 정도였다.

여기에 위드는 술까지 풀었다.

"한 병씩만 마셔야 합니다."

산열매와 약초 들을 이용해서 담근 술!

토둠에 오면서부터 담근 것이라 숙성한 지는 얼마 안 되었다.

그럼에도 검치 들은 시원하게 마셨다.

페일과 제피, 다른 일행도 긴장감을 풀기 위해서 술을 사양하지 않았다.

그들이 난이도 A급의 퀘스트를 해 보는 건 처음이다.

페가수스나 유니콘. 아직까지 상대하기에는 너무 강력한 몬스터였다. 그런 몬스터들과 싸운다는 상상을 하니 저절로 손발이 굳는다.

막상 전투에 돌입을 하면 몸이 굳어 버릴지도 몰랐다. 술을 마셔도 본인이 어떻게 마시고 있는지 모를 정도로 긴장을 하고 있었다.

전투에서는 스킬이나 스탯만큼이나 사기의 중요성도 컸다. 특히 이렇게 여러 사람들이 모여서 벌이는 전투에서 심리적인 요인이란 무시할 수 없을 정도다.

'다들 너무 긴장하고 있는 것 같아.'

메이런이 사기를 진작시키기 위해 위드를 향해 질문을 던졌다.

"위드 님, 저 평소에 궁금하던 게 있었어요. 물어봐도 될까요?"

"예."

"마법의 대륙에서요, 이반포르텐 섬의 미궁 있잖아요."

위드의 기억에 어렴풋이 남아 있었다.

'대악마를 봉인한 장소였던가.'

마법의 대륙에서는 굉장히 유명한 곳 중의 하나였다.

위드가 격파하기 전에는 단 한 번도 깨어지지 않았던 최악의 미궁!

심지어는 위드가 탐험을 끝낸 이후로도 아직까지 다른 침입자를 허용하지 않은 불가해의 미궁이었다.

"그런데 그 미궁은 어떻게 깨신 거예요?"

메이런은 멋진 대답을 기대했다.

위드의 모험담을 잠깐이라도 듣는다면, 일행의 기분도 풀어질 테니까.

위드는 간단하게 대답했다.

“그 미궁 지하에 쥐들이 많은 하수구 있잖습니까?”

“예. 대형 쥐들이 들끓는… 설마?”

“하수구를 통해서 들어가면 되더군요.”

“…….”

너무나도 간단한 대답!

허탈해질 정도의 단순한 해결책이었다.

메이런은 다른 질문을 던지기로 했다.

“지옥불의 스켈레톤 킹요, 기억나시죠?”

스켈레톤 킹!

뼈로 된 몸에, 화염이 이글거리던 몬스터였다.

“그 몬스터도 위드 님이 죽이셨잖아요. 물리 공격은 물론이고 마법 방어력까지 대단해서 드래곤을 제외하고는 최악의 몬스터로 꼽혔는데 어떻게 처리하신 거예요?”

“물에 담그니까 죽던데요.”

“…….”

메이런은 괜한 질문을 해서 오히려 힘만 빠졌다.

그렇지만 실상을 알고 나면 그렇게 무시해도 될 수준은 아니었다.

미궁을 탐험하기 위해서 실제로 지도를 그렸다. 모든 지역들을 상세하게 조사하고, 대악마가 봉인된 장소를 예측했다.

그 장소와 가장 가까운 입구를 찾은 게 하수구였을 뿐!

스켈레톤 킹도 수십 차례의 죽음을 당하면서 약점을 찾아냈고, 마침내 호수에 빠뜨릴 수 있었다.

위드가 성공했던 이유는 철저한 조사와 준비에 있었다.

중간 과정을 모두 생략하고 말하니 쉬워 보이지만 실제로는 굉장히 힘든 과정들을 많이 겪었다.

'아무리 그래도 현실에서 돈 벌어서 먹고사는 거보다야 쉽지.'

위드는 어떤 퀘스트를 하더라도 힘들다고는 생각하지 않았다. 고등학교 중퇴로 몸이 아픈 할머니와 어린 여동생을 돌보는 것보다야 훨씬 쉽다.

학벌이 안 되니 무슨 일을 하더라도 월급이 짰다. 힘들고, 위험하고, 더러운 일들을 해도 임시직에 금방 잘리기 일쑤!

심지어 외국인 노동자와도 경쟁을 해야 한다.

취업 시장이 결코 호락호락하지는 않은 것이다.

퀘스트의 난이도로 치자면 특S급!

현실에 비한다면 퀘스트는 그나마 쉬운 편이었다.

그렇게 아침 식사가 끝이 났다.

위드는 자리에서 일어났다.

"모두 준비는 되셨습니까?"

"네."

일행이 천천히 고개를 끄덕였다. 자신감은 없었지만 어쨌든 피해 갈 수는 없는 일이다.

"그럼 이제 움직이죠. 모두 자신의 몸은 직접 지켜야 됩니다."

위드는 긴장 속에 동료들을 이끌고 드디어 성문을 통과했다.

토둠 안에는 성들 사이로 날개를 활짝 펼친 유니콘과 페가수스 들이 날아다닌다. 지붕과 지붕을 단번에 뛰어다니기도 하고, 때론 광장을 마구 내달리고 있었다.

"싸울 준비는 다 됐다."

검둘치가 든든하게 말했다.

몬스터들이 많고 강해 보였지만, 어쨌든 덤벼들 작정이었다.

일행의 긴장감이 그 어느 때보다도 한껏 고조되었다. 최강의 전력이라고 할 수 있는 페가수스, 유니콘과 싸워야 되는 것이었다.

머릿속으로 떠올렸을 때만 하더라도 공포의 대상이었는데 드디어 싸울 순간이 다가왔다.

그런데 위드는 고개를 가로저었다.

"여기가 아닙니다. 더 좋은 사냥터가 있습니다."

"어딘데?"

"일단 저를 따라오시면 됩니다."

위드는 바싹 엎드려서 네발로 땅을 기었다.

동료들도 따라서 땅바닥을 기었다. 무려 300명이 훨씬 넘는 무리가 일제히 땅을 기어서 이동을 한다.

긴 행렬이 되면 유니콘과 페가수스의 눈에 발각될지도 모른다는 두려움이 커진다. 특히 행렬의 뒤쪽에 있으면 훨씬 무서울 수밖에 없다.

빨빨빨빨!

모두 기어가는 속도가 만만치 않았다. 달리는 것보다도 스태미나가 2배 이상 빠르게 하락하고 있었지만 뒤처지지 않기 위하여 다들 최선을 다해서 기었다.

"헉헉, 그런데 위드 님."

마판이 힘겹게 입을 열었다.

상인이라서 전투 능력은 정말 약하다.

상대방보다 지혜가 높아야 가격을 후려치는 데 도움이 된다. 애초에 돈을 벌기 위해 지식과 지혜, 카리스마를 제외한 스탯들은 대부분 포기를 했던 것이다.

그래도 여기저기 돌아다니기 위해 체력은 조금 높여 놓아서 간신히 따라올 수 있었다.

마판이 숨을 몰아쉬며 물었다.

"골목길에서는 굳이 기어가지 않아도 걸리지 않을 것 같은데요."

위드는 절대 큰길로 다니지 않았다.

성문을 통과하자마자 샛길로 접어들더니, 빈 상자들이 쌓여 있는 곳 사이를 통과했다. 그러더니 매우 좁은 골목길들만 이용하고 있었던 것이다.

위드는 낮은 음성으로 이야기했다.

"동물들의 행동을 주의 깊게 보면 배울 점이 참 많습니다."

"네?"

"그들의 오랜 생존의 법칙들을 알게 되면 이점들이 많다는 거지요."

"그럼 지금은 무슨 동물의 생존법을 따라 하고 있는 건데요?"

"바퀴 벌레요."

"……."

호랑이나 사자도 아닌, 바퀴 벌레에게 배움을 얻는 위드!

생존력만큼은 지상 최고의 곤충인 바퀴 벌레를 따라서 움직이고 있었다.

샤샤샤샤샤샥.

두 팔과 두 다리를 매우 민첩하게 움직인다.

더듬이를 움직이는 것처럼 고개를 좌우로 맹렬히 내저었다. 끊임없이 눈동자를 굴리면서 주변에 몬스터가 다가오는지를 확인하는 것이었다.

그렇게 노력한 덕분에 다행히 몬스터와 조우하지 않고 목적지에 도착할 수 있었다.

도착한 첫 번째 목적지는 뱀파이어 토리도를 찾았던 흑색 성!

위드는 일행과 함께 무사히 성안의 지하 창고로 들어왔다.

다소나마 긴장감이 풀렸는지, 페일이 숨을 몰아쉬며 물었다.

"휴, 이 성은 어디죠?"

위드는 간단히 답했다.

"토리도를 발견하고 잡아 온 곳입니다. 첫 번째 전투는 여기에서 합니다. 사형들, 모두 활을 꺼내 주세요."

검치와 사범들, 수련생들은 위드에게 받은 무식하게 커다란 활을 꺼냈다.

"이것 말이냐?"

검치는 가장 큰 활을 가지고 있었다.

검둘치, 검삼치로 내려갈수록 조금씩 더 작은 활들을 가졌다.

활도 서열 순으로 챙겨 가진 것!

그때야 페일과 메이런은 이해할 수 있었다. 활이 너무나도 크고 둔해 보여서 사용하기가 힘들 것 같았지만, 이렇게 성 내부에서 싸운다면 상관이 없을 테니까.

"그렇습니다. 그리고 각자 방패도 꺼내 주세요."

검치 들은 각자 몸 전체를 가릴 수 있는 거대한 방패들을 꺼내서 무장했다.

방패의 효용성은 이루 말할 수 없다. 화살이나 적의 무기를 튕겨 낼 수 있고, 방어력도 50% 이상이나 늘려 주었다.

대신에 양손검을 쓰지 못하고, 민첩성이 대폭 하락한다.

전투 시에 불편하다는 단점은 있지만 생존을 위해서 방패를 든 것이다.

위드도 먼지라도 묻을까 봐 아껴 두었던 탈로크의 갑옷과 로트의 검, 고대 방패를 꺼내서 전광석화처럼 닦았다.

"검 갈기, 갑옷 닦기, 방패 닦기!"

대장장이 스킬의 발휘!

검치와 다른 동료들의 무기와 방어구 들도 갈고 닦아서 일시적이나마 능력치를 향상시켰다.

"끝났습니다. 그럼 이리엔 님, 단체 축복 마법을."

"네. 사악한 악에 맞서 싸우는 그의 힘이 최고조로 이르도록 해 주십시오. 블레스!"

위드와 검치 들의 몸에 신성한 하얀빛이 어렸다.

축복 마법이 발휘된 순간!

유니콘과 페가수스 들이 그들이 있는 지하 창고의 문을 부수고 난입했다. 마법을 사용할 줄 아는 생명체들이었기 때문에 신성 마법을 느끼고 쳐들어온 것이다.

The Legendary Moonlight Sculptor

토둠 정벌

문을 부수고 난입한 유니콘은 10마리, 페가수스는 12마리였다.

"히히힝!"

"푸릉푸릉!"

유니콘과 페가수스는 길게 투레질을 하더니 금세 앞으로 내달렸다.

다닥 다닥 따다다다다닥!

한두 발자국을 내디딜 때마다 어마어마한 가속도가 붙는다.

말 종류 몬스터들의 최대 장기라고 할 수 있는 전력 질주!

덩치도 일반 말에 비하면 무려 2배 정도에 달하는 신수들이 성난 콧김을 불어 대며 질주해 온다.

성의 지하였던 만큼 웬만한 광장이라고 해도 과언이 아닐 정도의 크기. 비어 있는 상자나 기둥 들이 장애물의 역할을 하고 있었지만, 무시무시한 돌격 앞에 박살이 났다.

쿠르릉 콰아앙!

콰르르릉!

땅이 울리고 성 전체가 흔들릴 정도였다.

유니콘과 페가수스가 마법력을 느끼고 선공을 취해 올 줄은 위드도 미처 예상하지 못했다. 그럼에도 즉각적으로 대응했다.

"사형들을 다섯 부대로 나눕니다. 이름 순서로 검백치 사형까지 1부대, 검이백치까지 2부대, 검삼백치까지 3부대. 이런 식으로 합니다. 각 부대의 지휘관은 스승님과 네 분의 사범님들로 하겠습니다. 일단은 5부대가 전면에 나서서 적의 질주를 차단하세요!"

위드의 말이 떨어지기 무섭게 검오치의 지휘 아래 살아 있던 70명이 방패를 앞세우고 돌격했다.

"어디 한번 붙어 보자!"

유니콘과 페가수스의 무서운 질주가 거리를 순식간에 단축해 오고 있었다. 이를 방패 돌격으로 저지하려는 것이었다.

보통의 말들보다도 훨씬 크고 위압적인 신수들!

신수들이 장애물들을 부숴 가면서 놀라운 속도로 달려오는데 정면으로 이를 막기 위하여 뛰어든다. 용감하거나, 혹은 간이 배 밖으로 나오지 않았다면 못 할 행동이었다.

하지만 전력 질주를 저지하지 못한다면 더 큰 피해를 입게 되었으니 망설임은 없었다.

위드도 고대의 방패를 들고 뛰쳐나갔다.

안전한 후방에서 기다릴 수도 있지만, 신수들의 공격력이 얼마나 되는지 직접 확인하기 위해서이다. 방어력과 인내력, 맷집이 가장 뛰어난 위드가 막지 못한다면 아무도 막을 수 없을 테니까.

위드는 달려가면서 두 번째 명령을 내렸다.

"로뮤나 님, 마법을! 지금 강한 마법은 필요 없습니다. 땅을 진흙으로 만들어 주세요."

"알겠어요."

로뮤나의 주특기는 화염계 공격 마법이었다. 그래도 보조 계열로 몇 가지의 마법을 습득해 놓기는 했다.

마침 워터 클레이 마법도 쓸모가 많았기 때문에 배워는 놓았다.

"물이여, 대지를 흠뻑 적셔서 적의 발길을 잡아끌어라. 워터 클레이!"

로뮤나가 마법을 영창하니, 대지가 축축한 늪처럼 변했다.

목표로 한 신수들의 마법 방어력은 엄청났다. 공격을 하더라도 절반의 피해도 입지 않으리라. 하지만 이것은 직접적으로 공격을 한 게 아니라 환경을 바꾼 것이기 때문에 영향을 받았다.

푸르릉!

푸힝!

페가수스와 유니콘의 발들이 질척질척한 땅을 파고들었다. 그러면서 달려오던 속도가 아주 조금 느려졌다.

약한 몬스터라면 균형을 잃게 만들거나 아예 넘어지게 할 수 있었지만, 그 정도에는 미치지 못한 것이다.

그나마도 금세 다시 빨라지려는 기미가 보였다.

유니콘과 페가수스가 양 날개를 활짝 펼치려고 했다. 공중으로 날아오른다면 구태여 지상에 발을 디딜 필요조차 사라지게 된다.

자신들의 몸체보다도 2배, 3배나 되는 거대한 흰색 날개!

푸륵푸륵!

위드와 검오치, 수련생들로 이루어진 5부대가 부딪친 것은 그때였다.

위드는 부딪치기 직전에 눈을 감았다.

-눈 질끈 감기 스킬을 사용하셨습니다.
아무것도 보이지 않지만, 고통과 아픔도 사라집니다.

콰콰쾅!

굉음을 내면서 부딪친 격돌!

거센 충격이 온몸으로 퍼지고 위드의 생명력이 절반이나

빠졌다.

—매우 치명적인 돌격을 당하셨습니다.

조각사의 특성상 생명력은 많지 않다고 해도, 방어력은 어딜 가도 꿀리지 않을 정도다. 그런데도 단번에 절반의 생명력이 줄어들었다.

위드가 이런 피해를 입는 사이에 수련생들이라고 무사하진 않았다. 무려 12명이나 되는 수련생들이 회색으로 변해서 사라졌다.

그들로서는 항거할 수 없는 힘을 가진 유니콘과 페가수스의 돌격!

격돌의 순간 방패를 들고 정직하게 정면에서 부딪친 수련생들은 그대로 목숨을 잃었다.

살아남은 이들은 그 짧은 순간, 먼저 부딪친 사람들의 결과가 좋지 못함을 확인하고는 몸을 비틀었다. 유니콘과 페가수스의 돌진해 오는 힘을 살짝 옆으로 흘린 덕분에 살아날 수 있었던 것이다.

1차 격돌로는 처참한 상황이었다.

살아난 수련생들의 방패는 어김없이 망가져 있었다. 위드가 중급 대장장이 스킬 3레벨을 이용하여 만든 강철 방패들이 한계를 초과하는 타격에 부서진 것이다.

위드가 받은 타격도 생명력이 줄어드는 것으로 끝나지 않았다.

-큰 충격을 입어 혼란 상태에 빠지셨습니다.
8초간 이동이 불가능합니다.
공격력이 36% 하락하고, 방어력이 23% 저하됩니다.
스킬을 사용하지 못합니다.

혼란에 빠진 것이다.

위드의 전투 역사상 매우 드물게 발생한 일이었다.

맷집을 키우기 위해서 일부러라도 맞고 다녔다. 수도 없이 맞아 봤지만 급소를 내주거나 후방을 공격당한 적은 없었다.

그런데 유니콘의 돌격에는 매우 큰 힘이 담겨 있어서, 정면에서 막았음에도 혼란 상태에 빠졌다.

매우 위험한 순간이었지만, 유니콘과 페가수스 들도 멀쩡하진 못했다. 충돌의 여파로 인해 신수들도 비슷한 타격을 입어서 제자리에서 헤롱거리고 있었다.

예상보다도 훨씬 강한 유니콘들을 보며 위드의 경계심이 더욱 커지려고 하는 순간이었다.

찌지직.

고대의 방패에 미세한 실금이 생겼다.

-고대의 방패 내구력이 1 하락하였습니다.

수리도 불가능한 유니크 아이템!

최소 수백만 원 이상은 받아먹을 것이라면서 기대에 부풀어 있던 고대의 방패!

애지중지 보물처럼 아끼다가 이제야 꺼내서 첫선을 보였다.

그 고대의 방패의 내구력이 1이나 하락해 버린 것이다.

"감히 내 돈을……."

위드의 투지가 불타올랐다.

"전군 화살 발사 준비!"

처처척!

검치 들과 페일, 메이런이 모두 시위에 화살을 메겨서 힘껏 당겼다.

목표는 말할 필요도 없이 유니콘과 페가수스 들!

5부대의 희생 덕분에 제자리에 서서 멈춰 있다.

남은 거리는 불과 20미터 정도.

바로 코앞이라고 해도 좋을 정도로 가까웠다.

"발사!"

화살들이 일직선으로 목표들을 향해 쏘아져 나간다.

검치 들이 쏘아 낸 화살은, 활의 크기만큼이나 비정상적으로 거대했다. 공성 병기로 착각해도 될 정도로 큰 화살들이 유니콘과 페가수스의 몸에 꽂혔다.

"푸헤에에헹!"

신수들이 아픔의 고통을 내지르며 비틀거렸다.

검치 들은 무기술을 익혔다. 어떤 무기를 다루더라도 동일한 숙련도를 보여 준다. 그들이 다루는 활은, 검과 똑같이 강했던 것이다.

레벨 400이 넘는 신수들이라고 해도, 280명 가까운 검치들의 일제 화살 공격에 아예 피해를 받지 않을 수는 없다.

하지만 아직 1마리도 죽은 몬스터는 없었다.

가장 큰 피해를 입은 페가수스도 생명력이 아직 사분의 삼이 넘게 남아 있는 듯 멀쩡한 모습이었다.

연속된 타격에 신수들이 주춤거리고 있을 때에 위드가 외쳤다.

"모두 발검. 공격 개시!"

검치 들이 활을 버리고 검으로 무장한 채 신수들에게 돌진했다.

"죽어랏!"

"아우들의 복수를 해 주마!"

그리고 검을 휘두르면서 근접전을 벌였다.

유니콘과 페가수스의 최대 약점!

엄청난 마법력과 더불어서 정령술, 거기에 하늘까지 날아다닐 수 있다. 지상에서는 강대하기 짝이 없는 신수이지만 이렇게 가까운 거리에서는 전투 능력이 훨씬 떨어진다.

"움직일 공간을 주지 마!"

"막아. 몸으로라도 부딪쳐!"

유니콘들은 네발로 날뛰며 난동을 부렸다. 앞발과 뒷발로 차고, 주둥이로 물어뜯고, 이마로 들이받는다.

검치 들은 공격을 피하기 위해 땅을 구르며, 좌우로 빙글빙글 돌았다.

정면공격이 무의미하다는 것을 알았던 만큼 옆으로 돌면서 허벅지와 엉덩이를 집중 공략했다.

"크어억!"

"정말 세다, 이놈들!"

여기저기서 비명 소리가 터져 나왔다.

신수들에 의해서 목숨을 잃는 이들도 적지 않았다.

아무리 검치 들이라고 하여도 싸우고 있는 신수들이 너무 강하고, 숫자도 많았다. 레벨 400이 넘는 22마리의 신수들을 한꺼번에 감당하기란 무리였다.

그때에 화령이 나섰다.

"매혹의 댄스!"

그녀의 주특기라고 할 수 있는 부비부비 댄스!

날뛰고 있는 유니콘들의 사이를 오가면서 춤을 추었다.

아찔하도록 위험해 보이는 광경이었지만, 의외로 그녀는 안전했다.

"예쁜 여자다. 키히힝!"

그녀만 다가오면 유니콘이 온순한 양처럼 날뛰는 것을 멈추었던 것이다.

여자를 유독 밝히는 유니콘!

화령의 가공할 매력에 사로잡혀서 조용히 눈을 감았다.

"행복하다. 키히히히히힝!"

매혹의 댄스가 가진 상대방을 잠재우는 능력.

유니콘들은 입가에 흡족한 미소를 띠며 가만히 서 있었다.

화령은 3마리의 유니콘을 재빨리 잠재우고, 근처의 페가수스에게로 향했다.

'페가수스에게는 안 통할지도 몰라.'

어쩌면 발길질에 차여서 순식간에 죽음을 당할 수도 있었다. 방어력이 약한 댄서가 몬스터들 사이에서 춤을 추는 건 그만한 위험을 감수해야만 하는 일이었다.

그런데 페가수스도 똑같았다.

"키헤헤헹!"

매우 만족스러운 미소를 머금고 심지어는 엉덩이까지 좌우로 흔든다!

남자나 늑대나 말이나, 수컷들의 성향은 모두 동일했던 것이다.

화령은 페가수스도 2마리를 잠재우고 나서는 체력이 다 떨어져 자리에 주저앉았다.

그러자, 전투는 그나마 쉬워졌다.

활동하는 신수들의 숫자가 줄어든 만큼 검치 들의 포위망도 두꺼워졌고, 상대하기도 편했다.

"다리를 베어 버려! 못 움직이도록!"

검삼치가 소리를 질렀다.

몸통을 수십 차례 공격했지만 가죽의 엄청난 방어력 앞에 아무런 성과를 거두지 못했다. 그런데 발목과 허벅지를 벨 때마다 유니콘과 페가수스가 고통스러워하는 것이었다.

"여기가 약점이다."

"약점인 다리만 집중적으로 노려!"

검치 들이 잘 싸우고는 있었지만, 미처 피하지 못하고 뒷발에 차여 나가떨어질 때에는 거의 죽음 직전에 이를 정도의 타격을 받았다.

그럴 때마다 이리엔이 위험을 감수하고 다가가서 치료를 통해 살려냈다.

위드는 일단 물러나서 냉철하게 상황을 주시했다.

'승산은 있다.'

초기에 큰 피해를 입었지만 이길 수는 있을 것 같았다.

만약에 전혀 승산이 없었더라면, 지금까지 해 왔던 모든 노력을 수포로 하더라도 즉시 도주했으리라. 다만 고대의 방패의 내구력을 깎아 놓았던 놈만큼은 무슨 수를 써서라도 잡고!

그런데 아직 1마리도 사냥을 성공하진 못했지만, 신수들도 제법 피해를 받고 있었다. 거머리처럼 달라붙는 검치 들로 인하여 생명력과 체력이 야금야금 약화되고 있는 것이었다.

'이길 수 있다.'

위드는 확신했다.

"포위망을 풀어 줘서는 안 됩니다. 마법과 정령술을 쓰게 해서도 안 됩니다. 그것들만 막으면 우리가 이길 수 있습니다!"

혼신을 다한 위드의 외침은 검치 들에게 희망을 주었다.

"알았다!"

"크흐흐흐."

"이놈들이 우리의 밥이 된단 얘기로군."

검치 들은 위드의 말을 조금도 의심하지 않았다.

웬만큼 모험의 경험이 많은 편이었더라면, 처음부터 본인들의 판단에 따라서 고집을 부릴 수 있다. 하지만 그들은 위드의 말을 철저히 믿었다.

'위드는 돈거래 할 때만 빼면 매우 믿을 만해!'

완벽한 신뢰 관계!

더군다나 검치 들은 싸우면서 스스로 느끼고 있었다.

'점점 움직임이 약해진다.'

'잡을 수 있다.'

검치 들은 다른 곳에는 신경을 쓰지 않고, 본인들이 담당하고 있는 몬스터들에게만 무섭게 집중했다.

주변의 상황이 어떻게 변해 가든 완전하게 전투에만 몰두하는 재능.

위드는 여기에 힘을 더했다. 본격적인 전투를 위해서 가지고 있는 모든 전력을 더하기로 했다.

"토리도! 콜 데스 나이트 반 호크!"

"불렀는가."

뱀파이어 로드 토리도가 망토를 휘날리며 뒤쪽에서 뛰어왔다. 주종 관계는 청산되었지만 토둠을 정상화하는 전투에는 함께하기로 한 것이다.

데스 나이트 반 호크도 연기와 함께 갑옷을 입고 나타났다. 위드가 빼앗았던 헬멧도 돌려주어서 스산한 느낌을 잔뜩 풍기고 있었다.

"제일 오른쪽 놈을 잡아."

"알았다."

데스 나이트와 토리도는 묵직하게 대답을 하며 평소처럼 적을 향해 움직였다.

위드는 다른 동료들에게도 말했다.

"오른쪽 놈. 가장 오른쪽 놈부터 잡습니다."

"옙."

"알겠어요."

페일과 메이런이 가볍게 대답을 한 후에 지금까지 여기저기로 쏘아 오던 화살을 가장 오른쪽에 있는 유니콘에게 집중했다.

위드도 예리카의 활로 1마리만을 노렸다.

그들이 함께 쏘는 화살들은 유니콘의 생명력을 끊임없이 갉아먹었다.

토리도와 반 호크의 가세로 마침내 첫 유니콘이 쓰러졌다.

"히힝!"

쿠우우웅!

땅 위로 유니콘의 둔중한 몸이 떨어졌을 때 난 큰 소리는 희망을 주는 소음이었다.

유니콘이 죽은 자리에는 뿔과 가죽, 보석, 무릎 보호대가 푸짐하게 떨어졌다.

위드의 눈이 삽시간에 그곳을 훑었다.

'켈트 보호대, 220골드. 보석들, 평균 103% 시세로 팔면 400골드. 가죽 7장, 325골드. 뿔! 8개를 모아 재료비 2,000골드만 추가하면 유니콘 뿔 활을 제작할 수 있다. 최소 5,000골드에다 레어나 유니크가 나오면 78,000골드에도 팔린 적이 있는 물건. 일단 뿔은 제외하더라도 최소 945골드!'

위드의 눈동자가 탐욕으로 번들거렸다.

유니콘의 레벨이 높기도 하였지만, 일반적인 던전의 몬스터가 아니다.

토둠에서 누군가에게 한 번도 사냥된 적이 없는 신수!

누구의 손때도 묻지 않은 신선한 상태였다.

이런 경우에는 좀 더 많은 아이템을 얻을 수 있었다.

더군다나 유니콘은 좋은 재료 아이템을 많이 떨어뜨리기

로 정평이 나 있는 몬스터. 운만 조금 좋다면 이 이상을 기대해 보는 것도 가능하다.

위드가 함성을 질렀다.

"유니콘을 사냥해서 나오는 돈으로 보리 빵을 사면 3,118,500개를 살 수 있습니다!"

돈 계산을 할 때만 엄청나게 빨리 돌아가는 머리였다.

"허억. 보리 빵을 그렇게나 많이!"

"몽땅 잡아 버리자!"

"우오오오!"

"이제부터 굶주림과는 이별이다."

검치 들이 의욕에 불타올랐다.

위드도 이제는 활을 놔두고 검을 뽑아 든 채 전장에 뛰어들었다.

이것으로 지휘는 충분히 할 만큼 했다.

검치 들에게 첫 사냥의 중요성은 이루 말할 수 없는 것!

전투의 전문가들이었으니 잠시 동안의 격돌로도 알아서 상대하는 법을 터득했을 것이기 때문이다.

애초에 위드가 해야 할 일은 사냥을 계속할지 도주해야 할지에 대한 결정이었다.

'모조리 사냥해 버린다.'

결정이 내려진 만큼 위드는 거침없이 신수들에게 덤벼들었다.

"달빛 조각 검술!"

이번에는 페가수스를 상대로 했다.

검치 들과 싸우느라 생명력과 체력이 현저하게 떨어진 페가수스!

검치 들과 같이 포위망을 치고 공격했다.

위드는 현란하게 움직였다.

"일점 공격술!"

날뛰는 페가수스의 다리만을 집중해서 베었다.

모든 타격을 하나의 지점에 집중하는 최고의 기술!

찰나의 틈과 흐름을 잡아내지 못하면 쓰지 못하는 기술이다.

페가수스가 발버둥을 치고 있어 위드의 공격은 빗나갈 때도 많았다.

하지만 다른 검치 들도 모두 다리만을 노리고 있었으니 페가수스가 입는 피해는 갈수록 커져 갔다.

움직이면서 날뛸 때마다 다리가 노출되고, 그러면 검들이 곧바로 응징했다.

몇 대를 맞아서는 꿈쩍도 하지 않을 대단한 방어력을 가진 신수들.

그러나 한 방울씩 떨어지는 낙숫물이 바위에 구멍을 내는 것처럼 생명력이 점점 줄어들었다.

위드는 토리도와 반 호크를 비롯한 주력은 다른 신수를 지

정해서 싸우도록 했다.

"페일 님, 메이런 님! 1마리씩만 집중해서 치세요!"

전체적인 전황을 약간씩 유리하게 만드는 것보다 1마리씩이라도 최대한 빨리 죽인다. 설혹 예측하지 못한 사태가 벌어지더라도 확실하게 이기기 위한 방법이었다.

쿠우웅!

콰앙!

여기저기서 신수들이 쓰러졌다.

토리도와 반 호크, 제피를 비롯한 일행의 집중 공격에 쓰러진 신수들도 있었지만 그렇지 않은 경우도 생겼다.

"이야. 우리가 해냈다!"

"스승님이 잡았다!"

검치가 소속된 조가 상대하던 신수가 죽은 것.

위드가 포함된 조도 금세 페가수스를 잡아내고, 곧바로 다른 신수들에게 달라붙었다.

검둘치, 검삼치 들도 경쟁적으로 사냥을 하면서 점점 더 많은 신수들이 쓰러지고 있었다.

"푸히힝!"

화령에 의하여 잠들었던 신수들이 깨어났을 때에는 이미 대세가 넘어간 후!

나중에는 부서진 문으로 9마리의 유니콘들이 추가로 난입을 했다. 잠깐 위기가 찾아오는 듯싶었지만 위드와 검치 들은 힘겹게 전열을 가다듬어 그들마저도 철저하게 사냥했다.

그렇게 보이는 모든 신수들을 처리했을 때였다.

띠링!

토둠의 1개 성에 있는 신수들을 퇴치하였습니다.
남아 있는 성 : 46개.
명성이 30 오릅니다.
전투 경험치를 추가로 60% 받습니다.

사냥에 따른 추가적인 보상을 받을 수 있었다.

현재 위드와 동료들, 검치 들의 명성은 바닥을 기고 있었다.

비열하고 옹졸한 궁수 페일.

어린아이도 등쳐 먹을 줄 아는 야비한 상인 마판.

말보다 주먹이 먼저인 수르카.

뱀파이어의 퀘스트를 하다 보니 칭호들도 안 좋은 것들만 붙었을 뿐 아니라, 명성들도 하락했다. 그런데 전투 명성을 획득함으로써 조금이나마 만회를 할 수 있었다.

한 번의 전투로 거둔 성과는 무척이나 컸다.

신수들을 물리치면서 획득한 아이템도 어마어마했지만 토리도의 성에 잠들어 있던 뱀파이어들이 깨어났다.

"로드께 인사드립니다."

뱀파이어 퀸과 뱀파이어 종자 들의 가세!

100마리의 뱀파이어 부대를 얻었다.

이들의 레벨은 200대 중반에서 후반 사이였지만 나름 쓸모 있는 전력의 추가였다.

대신 수련생들이 총 28명이나 사망했다.

최초의 격돌이 있었을 때에 12명이 죽은 피해가 일단 가장 컸다. 전투 중에도 몇 명이 목숨을 잃었고, 유니콘이 난입했을 때에도 7명이 죽었다.

"뱀파이어의 성이 이렇게 생겼구나."

살아남은 일행은 성을 돌아다니면서 구경을 했다.

오래된 예술품들로 치장되어 있는 장소!

금으로 된 잔이나 은 촛대, 오팔이나 사파이어가 박힌 장검 등 귀한 보물들도 많다.

위드와 마판이 약속이나 한 듯 스스슥 양쪽 벽으로 갈라졌다. 그리고 그들이 앞으로 움직일 때마다 게 눈 감추듯이 사라지는 귀중품들!

싹쓸이!

부수입이라고도 할 수 있었으니 하나도 남겨 놓지 않았다.

예술품들은 감정을 하더라도 즉시 가격을 알 수는 없다. 희소성, 예술성, 역사적인 가치에 따라서 가격이 달라지기 때문이다.

장검이나 갑옷도 사용할 수는 있지만 실전에서의 성능은 떨어지는 편이고, 내구도가 매우 낮아서 실용적이진 않았다.

위드가 넌지시 물었다.

"이것들 가격이 얼마나 할까요?"

마판은 고뇌 끝에 답했다.

"양은 많아도 예술품들치고는 좀 평범한 편입니다. 그러니 12,000골드 정도 받을 수 있지 않을까요?"

위드는 고개를 끄덕였다.

그의 예상도 대충 그 정도였기 때문이다.

예술품들은 정말 뛰어난 물건이 아닌 이상 거액에 팔리기는 어려웠다.

"이 예술품들은 몽땅 팔아 치워야겠습니다. 그리고 그 돈은 골고루 분배하도록 하죠."

마판이 즉각 호응했다.

"네!"

귀중한 예술품의 경우에는 소장 가치가 있을 법도 하지만 그들에게 현금만큼 좋지는 않았다.

그렇게 성을 구경하던 도중에 어떤 그림을 발견하게 되었다.

벽에 걸려 있는 그림에서는 음험한 기운이 물씬 풍겨 나오고 있었다.

창백한 얼굴의 뱀파이어가 소녀의 목덜미를 보며 입맛을 다시는 그림이었다.

잔혹의 명화를 감상하셨습니다.
괴팍한 뱀파이어가 아마도 화가를 협박하여 그렸을 것으로 생각되는 그림.
썩 뛰어난 실력을 가진 화가의 작품은 아니다. 게다가 공포에 붓이 떨려 실수한 부분들이 작품의 전체적인 평가를 낮게 만들었다.
투지가 10% 늘어납니다.
어두울 때 전 스탯이 7 상승합니다.
어두울 때 회복 속도가 15% 증가합니다.

그림을 봄으로써 약간의 부가적인 능력도 상승시킬 수 있었다.

"그럼 다음 성으로 가죠."

위드는 다른 성으로 찾아갔다.

토리도의 성보다 약간 더 규모가 큰 성!

32마리의 신수가 있는 장소였다.

이번에도 위드는 검치 들과 함께 선봉에 섰다. 새로 얻은 뱀파이어 부대는 나중에 전투가 안정권에 접어들었을 때에나 사용했다.

뱀파이어들은 신수들에게는 취약해서 쉽게 죽어 버린다.

뱀파이어들의 성장!

뱀파이어들이 죽지 않고 강해질 수 있도록 배려한 것이다.

신수들이 주는 경험치는 막대했다.

위드도 한 번의 전투를 치르면 경험치가 20% 이상 쑥쑥 올라갈 정도였고, 검치 들은 전투를 끝내면 거의 레벨이 하나씩 오를 정도였다.

두 번째 성에 있는 신수들을 퇴치하였을 때에는 110마리의 뱀파이어를 획득할 수 있었다.

경험이 쌓인 덕분에 검치 들의 사망도 16명으로 줄어들었다.

이때 위드는 말했다.

"그래도 아직 전투마다 죽는 사람들이 너무 많습니다. 한 번에 10명 이상씩 죽어 나간다면 토둠의 신수들을 퇴치하기 전에 우리가 먼저 다 죽어 버릴 겁니다. 지금부터 피해는 최대한 없어야 합니다."

유니콘과 페가수스를 상대하는 방식을 터득한 후였다.

위드는 부족한 점을 보완하고, 장점을 더욱 살리기 위하여 아껴 두었던 재료들을 꺼냈다.

썩은 드래곤 본.

본 드래곤을 사냥하고 획득한 재료였다.

위드는 이것들로 무기와 방어구를 만들었다.

본 소드 : 내구력 130/130. 공격력 64~79.
드래곤의 뼈로 만든 검!
많이 부식된 뼈를 재료로 이용하여 검신이 반듯하지는 않다. 하지만 검으로서의 구실을 하기에는 충분한 편이다.

수리를 하기 위해서는 실력이 뛰어난 대장장이가 필요함.
제한 : 성기사 사용 금지.
레벨 300. 민첩 520.
옵션 : 매우 섬세한 손재주로 사용하기 편하게 만들었음. 착용 제한 20% 감소.
명성 +200.
민첩 +30.
독 공격 데미지 초당 60씩 추가.
공포의 전이로 몬스터들을 위축시킴.
심한 악취.

본 브레스트 아머 : 내구력 130/130. 방어력 85.
치명적인 결함을 가진 갑옷!
오래된 뼈로 제작된 갑옷은 감당할 수 없을 정도의 큰 충격을 받으면 깨질 수 있다.
제한 : 레벨 320. 힘 650.
옵션 : 매우 섬세한 손재주로 사용하기 편하게 만들었음. 착용 제한 20% 감소.
물리 데미지 감소.
마법 방어력 +35%.
정신 혼란 계열 마법에 대한 면역.
심한 악취.

－대장장이 기술의 숙련도가 2.3% 상승하였습니다.

-대장장이 기술의 숙련도가 3.1% 상승하였습니다.

썩은 본 드래곤은 믿을 수 없을 정도로 많은 숙련도를 올려 주었다. 완성된 검과 갑옷의 재질 또한 최고의 수준은 아니었지만 기대보다는 훌륭했다.

"옵션이 많이 붙진 않았지만 그래도 최소 2만 골드씩은 받을 수 있겠어."

만약 더 뛰어난 대장장이가 만들었다면 재료의 능력을 극한까지 끌어 올렸을 수도 있으리라. 하지만 위드의 부족한 대장장이 기술로는 이 정도가 한계였다.

검 한 자루를 만드는 데 필요한 본 드래곤의 뼈는 3킬로그램! 방패나 갑옷 하나를 만드는 데 필요한 본 드래곤의 뼈는 대략 5~15킬로그램 정도였다.

본 드래곤을 사냥하고 입수했던 뼈는 총 230킬로그램!

검을 10개, 나머지는 방패와 방어구를 제작했다.

일명 본 아머 세트!

띠링!

-대장장이 스킬의 레벨이 중급 4레벨로 상승했습니다. 만들어진 아이템들의 공격력과 방어력이 일정 수치만큼 증가합니다. 무기를 다루는 능력이 향상되어 추가적인 데미지를 입힐 수 있습니다.
폭넓은 경험을 가진 대장장이 칭호를 획득하였습니다. 명성이 350 늘어납니다.

위드의 스킬이 한 단계 상승했다. 더군다나 다음 중급 5레벨도 얼마 남지 않았을 정도였다.

위드는 만들어진 무기와 방어구를 고스란히 검치와 사범들에게 바쳤다.

"스승님, 받으세요."

"정말 주는 것이냐?"

"예. 아껴 왔던 재료이지만 스승님이 쓰실 무기라고 생각해서 기쁜 마음으로 만들었습니다."

"위드야."

짧고 진한 감동!

뭐든 맺고 끊을 때를 잘해야 한다. 선물의 효력은 이때가 지나가면 점차 감소하기 마련이니까.

위드는 그 순간을 놓치지 않았다.

"대신에 유니콘과 페가수스에게서 나온 대장일이나 재봉을 위한 재료 아이템은 저에게 좀……."

"그래야지. 우리한테는 필요도 없으니 전부 네가 가져라."

검치와 사범들에게 재료 아이템의 가치란 그리 크지 않았다. 그래서 기꺼이 넘겨받을 수 있게 되었다.

수련생들도 몇 개씩의 무기와 방어구를 나누어 가졌고, 대신에 재료를 주기로 약속했다.

그때부터는 신수들과의 전투가 훨씬 편해졌다.

본 소드와 본 아머, 본 쉴드를 착용하고 있는 이들이 주력으로 나섰다. 방어구의 도움 덕분에 죽는 이들이 크게 줄어들어서, 전투가 끝나도 불과 5명에서 6명 정도가 죽었을 뿐이다.

아직은 규모가 작은 성들만 찾아다니고 있었지만, 거느리는 뱀파이어들의 숫자도 상당히 늘어나고 있었다.

The Legendary Moonlight Sculptor

지옥의 실미도

이현은 MT를 준비하면서 아무것에도 나서지 않을 셈이었다.

'내가 안 하더라도 누군가는 해 주겠지.'

무사안일주의야말로 몸을 편하게 할 수 있는 최고의 계책.

그런데 조원들끼리 모여서 준비 회의를 가질 때였다.

일단 회의의 진행은 박순조가 맡았다. 서윤도 특별히 학교에 와서 준비 회의에 참여한 상태였다.

"그럼 각자 할 수 있는 일들부터 나눠 볼게요. 혹시 밥 지을 줄 아는 사람?"

"……."

박순조의 말에 모두 침묵을 지켰다.

"…밥은 대충 지으면 될 테니까요. 그럼 그다음으로, 텐트 칠 줄 아는 사람?"

"……."

"집이 아닌 야외에서 자 본 사람? 산에서 자 본 경험이면 더 좋고요."

"……."

서윤이야 원래 말이 없다고 해도, 다른 이들도 고개를 숙인 채로 침묵했다.

학교에서 공부한 것 외에는 다른 경험이 없었다. 그 흔한 여행도 다녀 보지 못한 이들만 모인 것이다.

이현의 눈앞이 캄캄해졌다.

'이런 무능한 놈들!'

박순조의 이마에도 땀이 흥건하게 흘렀다.

모두 이런 경험이 생전 처음이었기에 뭐부터 해야 할지를 모르고 있었다. 10분이 지나고, 20분이 넘어도 회의는 제자리만 맴돌았다.

부득이하게 이현이 의견을 말했다.

"예산이 한정되어 있으니까 필요한 물품들부터 정리를 하는 게 어떨까요. 각자 잘하는 게 없더라도 남은 시간 동안 준비를 하면 될 테니까 말입니다."

"맞아요. 물건들부터 맞춰 보는 게 좋겠어요."

민소라가 찬성하자, 그때부턴 각자 필요한 물건들을 제시

하기 시작했다.

"텐트!"

"뭘 해 먹으려면 버너와 코펠도 필요하죠."

"고기랑 술이 있어야 되겠고… 식수도 없으면 안 되죠."

"밤에 자려면 이불 세트도 있어야겠어요."

"씻어야 되니까 수건도 필수네요."

"휴대폰 충전기!"

"화장품도 있어야 되고 그릇이랑 컵, 숟가락, 젓가락."

"빼먹을 뻔했다! 여행의 백미는 뭐니 뭐니 해도 사진이잖아요. 카메라도 가져가야 돼요."

살림살이들을 통째로 챙겨 올 생각인 듯했다. 그러다 최상준이 얼굴을 찡그렸다.

"근데 이 물건들, 1인당 5만 원이라는 예산으로 준비를 해야 되는데……. 그리고 다 우리가 짊어지고 가야 하잖아. 대체 어떻게 짊어지고 다닐 셈인데?"

여기서 다시 계획은 벽에 부딪쳤다.

"돈이 문제인데."

"5만 원이라는 돈으로 할 수 있는 건 정말 아무것도 없어요."

"다른 조에서는 어떻게 준비를 하고 있을까요?"

"제가 아는 조는 라면을 한 박스 사서 매일 끓여 먹는대요."

학점과도 관련이 있는 MT!

생존 능력은 매우 중요한 부분이었기에 대부분의 다른 조들은 라면을 사자는 쪽이 대세를 이루고 있었다.

끼니마다 라면만 먹어야 하다니! 이마를 찌푸리면서도 이유정이 어쩔 수 없다는 듯이 이야기했다.

"역시 라면이 좋은 의견 같은데요. 국물로는 술안주도 할 수 있고, 밥도 말아 먹으면 되잖아요."

그러자 박순조가 동의를 구했다.

"그럼 우리도 라면으로 할까요?"

2박 3일.

최소 여섯 끼 이상이 라면!

아직 MT의 일정이 나오지는 않았지만 대체로 쉽지만은 않으리라는 예상이 있었다. 그런데도 라면만을 먹고 억지로라도 버티자는 의견으로 결정되기 직전이었다.

"뭐 다른 대안이 없으니……."

"라면을 사는 것으로 할까요?"

최상준과 민소라도 합의를 보고 그렇게 확정이 될 무렵. 결국 이현이 나서기로 했다. 이들에게 맡겨 놓느니 본인이 준비하는 편이 더 일이 편할 것 같았으니까.

금요일 오전.

아침 일찍 시장 근처로 이유정과 박순조, 최상준이 모였다.

이현 때문이었다.

그는 라면을 강력하게 반대했다.

"저로서는 무슨 일이 있어도 매끼마다 라면을 먹을 수는 없습니다."

라면이 불량 식품은 아니다.

오히려 라면이야말로 이현에게는 가장 소중한 음식이었다.

생활고에 찌들던 시절에는 쌀을 사서 밥을 해 먹는 것도 만만치 않게 부담스러울 때가 있었다. 한창 먹어야 할 시기에 허기를 때우는 데에는 라면이 가장 큰 도움이 되었다.

할머니와 여동생과 함께 끓여 먹었던 라면과 김치의 맛은 지금도 잊지 못할 정도였다.

'그래도 여섯 끼를 라면만 먹을 수는 없어.'

어릴 때부터 라면을 너무 먹어서 온갖 종류의 비법들을 다 터득했다. 그러나 이제는 라면은 가끔 먹는 음식으로 놔두고 싶었다.

더구나 여섯 끼를 라면만 먹는다면 균형적인 영양분 섭취에 무리가 따른다.

"차라리 제가 먹는 것과 자는 것, 생활에 필요한 도구들을 준비하겠습니다."

이렇게 이현이 예산에 맞춰서 필요한 물품들을 알아서 장만한다고 했지만, 미덥지 못해서 확인차 나온 것이다.

이현은 정확하게 시간에 맞춰서 나타났다. 그러고는 동생들을 보며 고개를 끄덕였다.

"모였군."

"예."

"그럼 가지."

이현은 그들을 데리고 농수산물 도매시장으로 들어갔다. 막 시장으로 들어갈 때만 하더라도 이유정은 영문을 알 수 없었다.

"마트가 훨씬 더 편하잖아요. 그런데 왜 시장에 온 거예요?"

은근히 구식이라는 핀잔도 담겨 있었다. 시장의 시대는 저물고 마트가 상권을 장악한 지 오래였으니까.

이현은 복잡하게 설명하기도 싫었다. 사야 할 물건들이 많은데 벌써부터 힘을 빼고 싶지 않았던 것이다.

"가 보면 알아. 그리고 여긴 보통 시장이 아니라 도매시장이야."

도매시장은 입구에서부터 종류별로 정육점, 쌀가게, 야채가게, 그릇 집 등 온갖 종류의 점포들이 있었다.

가격표를 보는 순간 이유정은 입이 다물리지 않았다.

"말도 안 돼! 돼지고기가 100그램에 1,400원이잖아!"

마트에서는 2,200원 정도에 파는 고기가 거의 절반 값! 쌀이나 야채, 과일 들의 가격도 비교할 수 없을 정도였다.

"이것들 다 수입산이죠?"

이유정이 물었을 때, 이현은 고개를 저었다.

"돼지고기는 원래 이윤이 잘 안 남아서 거의 수입을 안 해. 생선들은 수입산이 있겠지만, 그거야 어디든 마찬가지고."

"그런데 왜 이렇게 싸요!"

"소규모 매장들이잖아. 자릿세가 크지 않고, 또 10년 이상 거래해 온 곳들로부터 물건을 떼어 오니 쌀 수밖에 없는 거지."

이유정은 엄마를 따라서 장을 몇 번 봐 왔기에 가격 차이가 얼마나 심한지를 알 수 있었다.

가게 주인들은 이현을 보고 너털웃음을 지었다.

"젊은 총각, 오늘은 두 번을 오네?"

이미 새벽에 여동생의 밥을 차려 주기 위해서 시장을 한 바퀴 돌았는데, 다시 왔다는 이야기였다.

"예. 안녕하세요. 이 친구들과 MT를 가게 되어서 여러 가지가 필요할 것 같네요."

"그럼. 어서 와. 당연히 싸게 많이 줘야지. 근데 총각도 대학생이었어?"

"……."

이현은 고기부터 골랐다.

'예산이 한정되어 있으니 가격대가 큰 것부터 골라야겠지.'

삼겹살, 목살, 갈비 들을 각각 2킬로씩 골라냈다.

8명이 2박 3일간 먹어야 하는 양이었으니 고기부터 산 것이다. 이걸로도 좀 부족할지 모르지만 돼지고기만 구워 먹을 것은 아니니 상관없다.

"얼마 안 되지만 족발은 서비스야."

"고맙습니다."

이현이 다음에 간 곳은 야채 가게!

요리를 할 때에도 그렇고, 고기를 먹을 때에도 신선한 야채들이 없으면 입맛이 안 살아난다.

그런데 이곳에서 박순조와 최상준은 어이가 없었다.

보람 야채 21호.

다퍼줘 야채 19호.

야채 가게들의 이름부터 이상하기 짝이 없었다. 진열된 야채들은 거의 없고, 무식하게 큰 봉투에 다 담겨 있거나 박스째 쌓여 있었다.

이현은 상추와 파, 배추 등을 박스로 골랐다.

"얼마죠?"

"상추가 한 박스에 3,000원, 파 3,000원. 배추는 5,000원이네."

"미나리랑 부추, 마늘, 고추랑 감자도 좀 주세요."

"얼마나 필요한데?"

"많이요. 8명이 2박 3일간 먹을 거거든요."

"학생들이구만. 그럼 많이 줘야지!"

야채 가게 주인은 박스 하나에 푸짐하게 담아 주었다. 덤으로 고구마도 8개나 얹어 주었다.

"이건 7,000원만 받을게."

이현은 받기 전에 잠시 주저했다.

"이렇게 팔면 얼마 안 남으실 텐데……."

"요즘 고구마가 많이 싸졌거든. 어여 가져가."

각자 상자를 하나씩 들고 있는 상황에서 이현이 물었다.

"과일도 먹어야 되겠지?"

"네? 네. 먹을 수 있다면 먹어야죠."

이유정은 당황해서 얼떨결에 대답했다.

1인당 5만 원이라는 빠듯한 예산을 가지고 계획을 짰을 때만 하더라도, 실제로 살 수 있는 것들이 없을 듯했다. 당연히 과일이라고는 꿈도 못 꾸었다. 그런데 어쩌다 보니 이현을 따라서 가게까지 가게 되었다.

"아줌마."

"총각 왔나?"

"예. 딸기가 어떻게 해요?"

"두 상자 4,000원인데, 앞쪽에 있는 건 3,000원에 줄게."

"좋은 걸로 두 상자 주세요. 싸게요."

"자! 여기 튼실한 놈들로만. 그냥 3,000원에 줄게."

박순조와 최상준은 괴성을 질렀다.

"케엑!"

"무슨 가격이 이렇게 싸?"

이상한 나라에 온 것 같았다. 마트에서 카트를 끌고 다니면서 구매를 할 때에는 이런 곳이 있는 줄도 몰랐다.

어쨌든 일행의 경악 속에서 딸기까지 사고도 예산이 한참이나 남았다.

이유정이 신이 나서 물었다.

"이제 텐트나 코펠, 버너 등을 살 수 있겠어요!"

이현은 고개를 가로저을 뿐이었다.

"MT 준비는 나한테 맡긴다고 했잖아. 내가 알아서 준비할 거야."

"도구들을 빌려 오는 건 안 된다고 했는데요."

"다 알아서 할게. 그보다, 돼지고기만 먹을 수는 없으니 다른 음식들도 좀 사야지?"

"있으면 좋기는 하지만……."

이현은 그들을 데리고 시장을 한 바퀴 돌면서 새우와 두부, 조개 들을 조금씩 샀다. 고추장과 된장, 소금 등의 조미료들도 잊지 않았다.

"닭고기도 먹을 거지?"

이현이 물었을 때에, 이유정은 이제는 질린 듯이 고개를 끄덕였다. 박순조와 최상준은 조용히 짐꾼으로 변한 지 오래였다.

"닭은 도매가격으로 내가 집에서 가져갈게."

"집에서요?"

"마당에서 닭을 키우거든."

"아, 애완용으로 키우시는구나."

"아니. 식용으로."

"……."

"병아리 때부터 키워서 달걀도 낳게 하고 그러지."

"그래도 집에서 애써서 키우는 닭을 잡아먹을 수는 없잖아요."

"괜찮아. 우리 집에는 닭이 7마리가 있어. 첫째가 삶은달걀, 둘째가 계란프라이."

"설마 이름이에요?"

"맞아. 셋째 이름은 어미닭. 병아리를 키우거든. 새 식구를 만들어 주는 주역이라고 할까. 넷째부터는 식용으로 분류해 뒀어. 백숙, 프라이드, 양념. 막내인 일곱째는 양념반프라이드반. 식구가 바뀌긴 하지만, 대대로 그 이름들을 계승하는 중이지."

"……."

이현에게 따뜻한 온정을 기대해서는 안 된다. 닭은 그저 먹을거리일 뿐!

인천 연안 부두 터미널.

즐거운 MT를 앞두고 학생들이 재잘거리고 있었다.

"으휴, 드디어 오늘이구나."

"오늘이 안 오기만을 바랐는데."

"얼마나 고생을 할지."

2학년 이상의 선배들은 벌써부터 초췌한 모습이었다. 대대로 MT가 그리 편했던 적이 없다. 특별한 컨셉을 가진 MT란 그리 만만한 게 아니었던 것.

"그래도 이번에는 승봉도로 가잖아. 작고 예쁜 섬이라니까 좀 낫겠지."

"하기야 지난번에는 산을 타느라 엄청 힘들었으니까. 이번엔 그런 일은 없을 거야."

"참, 너희 조는 음식 뭘로 준비했어?"

"라면에 햇반. 삼겹살은 한 끼쯤 먹을 정도야."

"우리와 비슷하군."

"예산이 적으니까 다른 조들도 다 비슷할걸."

선배들이 조심스럽게 이야기를 나누고 있을 때에 신입생들은 마냥 즐거웠다. MT에 가서 동기들과 그리고 선배들과 친분을 쌓는 좋은 기회였으니까!

이현도 조원들과 함께 모여 있었다.

"이게 뭐예요?"

조원들은 이현이 준비해 온 재료와 도구 들을 보는 데 여념이 없다.

검은 비닐에 담겨 있는 알 수 없는 그 무엇들!

텐트나 버너, 코펠처럼 정상적인 느낌이 전혀 들지 않았던 것이다.

심지어 구멍이 살짝 뚫린 어떤 봉투는 푸드덕거리며 몸부림을 치기도 한다.

꼬꼬댁!

"가만있어!"

이현이 어딘가를 푹 찌르니 조용해졌다.

"……."

"설마……."

조원들의 놀람에 찬 시선을 이현은 가볍게 넘겼다.

"얼린 고기는 맛이 덜하거든요."

이현은 아이스박스를 가져오지 않았다.

무게만 나가고 비싼 아이스박스에 대한 필요성을 전혀 느끼지 못했다.

대신 돼지고기들은 얼린 채로 스티로폼 박스에 넣었다. 얼음 팩을 몇 개 추가로 넣고, 테이프로 감아서 완벽하게 틀어막았다.

최소한 이삼일 정도는 그대로 보존이 되리라.

하지만 닭고기마저 그럴 필요를 느끼지는 못했다.

생고기와 얼린 고기는 미묘한 맛의 차이가 있다. 그 때문에 판매 가격도 다르다.

그래서 이현은 막내인 양념반프라이드반을 얼려서 데려오느니 차라리 생으로 데려오는 것을 택한 것이었다.

이현이 아니라면 감히 생각도 못 할 방법!

그렇게 시간을 보내고 있으니 금방 여객선에 탈 시간이 되었다.

"그럼 배에 타세요. 출발하겠습니다."

교수들을 필두로 하여 학생들이 모두 배에 탑승했다.

갑판에서 바다 구경에 여념이 없는 학생들.

파도가 넘실거리고 갈매기가 유유히 날아다닌다.

배를 처음 타 본 학생들에게는 굉장히 신기한 경험이었다.

"배가 흔들거려."

"이런 게 배구나."

남학생들은 기회를 엿보다가 좋아하는 여학생들의 옆에서서 대화를 나누기도 했다.

평화롭게 행복을 만끽할 수 있는 시간.

이현의 곁에도 서윤이 있었다.

그녀는 인천에서부터 늘 이현의 곁에만 머물렀다. 유일하게 믿을 수 있는 친구, 이현의 곁을 떠나려고 하지 않았다.

'역시 나를 밑천까지 뜯어먹으려는 거야.'

이현은 두려움에 떨면서도, 서윤의 얼굴을 가까이에서 볼 수 있는 기회는 놓치지 않았다.

'최고의 조각품을 만들기 위해서라도 자세히 봐 둬야지.'

바로 옆에 서 있으니 얼굴의 솜털까지 보일 정도로 거리가 가까웠다.

바람에 흑단 같은 머릿결이 부드럽게 흩날린다.

바란 마을에서, 북부에서 필요로 인해 서윤을 조각했을 때와는 느낌이 달랐다.

조각품을 만들어서 그녀의 미모를 조금이라도 표현하고 싶었다. 사진이라도 찍어서 지금 이 광경을 영구히 남기고 싶다는 충동이 들 정도였다.

이현이 이런 감정을 가져 본 건 처음이었다.

'사진 따위, 추억을 기억하는 건 아무 의미도 없는 거였는데…….'

바다 전체가 그녀의 분위기로 녹아든 것처럼 느껴진다.

그만큼 서윤은 아름다웠다.

더불어 미미하게 살짝 올라간 입 꼬리!

가까운 거리에서 자세히 보지 않으면 알 수 없는 표정의 변화였다.

'좋아하고 있군.'

서윤의 표정을 매우 유심히 관찰했던 이현이 아니라면 알지 못할 감정이다. 서윤은 해맑게, 활짝 웃는 모습을 보여주지 않았으니까.

그런데 배가 바다로 한참 나아갔을 무렵이었다.

교수들이 갑판에 나와서 겉옷을 벗었다. 그러자 나타나는 해병대 군복 차림!

"여러분에게 이번 MT에 대해서 잠시 알려 드릴 사항이 있습니다."

대표로 주종훈 교수가 발언을 했다.

갑판에 모여든 학생들은 그의 말을 묵묵히 들었다.

"이번 MT는 아시다시피 원래 승봉도로 가려고 했습니다. 승봉도도 굉장히 아름다운 섬이죠. 그런데 우리가 앞으로 체험할 야생의 목적에는 완벽하게 부합되지 않는다는 의견 때문에 취소하게 되었습니다. 승봉도는 여러분이 나중에 꼭 한 번 가 보면 좋을 것입니다."

주종훈은 그렇게 말하면서 이를 드러내며 씨익 웃었다.

"승봉도가 아니라면 미리 알려 주셨으면 좋잖아요."

"그럼 이번 MT는 어디로 가게 되는 겁니까, 교수님?"

선배들이 물었지만 주종훈은 가르쳐 주지 않았다.

"천천히 알게 될 것입니다. 그렇다고 해서 여러분이 크게 걱정을 할 필요는 없습니다. 어차피 실… 아니, 그곳도 어차피 섬이라는 점에서는 같으니까 말이죠. 진정한 야생과 극기 정신, 뜨겁게 타오르는 동료애를 양성할 수 있는 좋은 기회인 것입니다!"

갑판에서 교수들의 발언으로 인하여 학생들은 추측하기 바빴다.

"어딜까. 틀림없이 서해의 섬 중에 하나일 텐데."

"서해에 섬이 하나 둘이 아니잖아."

대한민국 서해에는 아름다운 섬들이 수없이 많다. 어부들이 배를 타고 나가 낚시를 하고, 남은 가족들은 밭을 일구면서 기다리는 대자연의 섬들.

학생들은 그러한 섬을 상상하면서 자신들이 아는 섬의 이름을 대는 데 여념이 없었다.

하지만 나이 많은 선배들을 필두로 하여 일부는 이미 까마득히 멀어져 버린 인천을 보며 한없는 자괴감에 빠졌다.

"MT에 오는 게 아니었어."

"복학하고 나서 신입생들과, 그것도 여학생들과 어울릴 수 있는 좋은 기회라고 여겼건만."

이현도 복학생으로 많은 오해를 받았다. 그런데 진짜 복학생들은 어떻게든 후배들과 친해지고 싶었다.

그러지 못하면 우울하기 짝이 없는 학교생활을 보내게 될 테니까.

야심찬 포부를 가지고 MT에 참여했는데 이런 식으로 함정에 빠져 들고 만 것이다.

"왜 그곳이냔 말이야."

"휴우! 떠올리고 싶지도 않은데……."

"구명조끼라도 있으면 헤엄쳐서 탈출하고 싶군."

복학생들은 목적지가 어딘지 짐작하고 있었다.

주종훈 교수는 실수로 섬의 앞 글자를 말하고 말았다.

'실' 로 시작되는 섬.

한때 그 이름을 제목으로 한 영화가 제작되어 무려 천만이 넘는 관객 수를 기록한 적이 있는 유명한 섬이었다. 요즘에는 그 섬을 떠올리는 사람들이 거의 없지만, 나이 든 복학생들은 고전 영화들을 통해서 알았다.

"실미도."

"커흑!"

"하필 그곳이라니……."

선배들의 예상은 정확히 적중했다.

인천에서 남서쪽으로 향한 배가 도착한 곳은 실미도!

넓은 백사장과 갯벌이 그들을 반겨 주고 있었다.

고생문은 그걸로 끝이 아니었다.

"MT의 시간표입니다. 모쪼록 원활한 MT가 될 수 있도록 시간을 잘 지켜 주시기 바랍니다."

날짜	시간		일정	비고
첫날	오전	11시	도착. 조별 숙소 마련.	
		12시	조별 식사 : 성냥이나 라이터는 제공되지 않음. 야생 그대로 스스로 불을 만들어야 함. 일단 만들어 낸 불이 있으면 그 후는 계속 이용 가능.	

날짜	시간		일정	비고
첫날	오후	2시	지옥 훈련 코스 1 : 백사장 달려서 섬 일주하기. 선착순 30명. 늦게 도착한 사람은 다시 한 번 달려서 섬을 일주해야 한다. 단, 도저히 달릴 수 없을 경우 다른 조원이 대신 달려 줄 수 있다. 식사 시간까지 돌아오지 못한 조원이 있을 경우 그 조는 식사 금지.	
		5시	조별 식사 및 휴식.	
		8시	담력 체험 : 각 조별로 산에서 특정 목표물을 회수해 와야 함. 많은 목표물을 찾아오는 조에는 특별 지급품 증정.	
		11시	취침.	
둘째날	오전	6시	기상. 세면.	
		7시	조별 식사.	
		8시	지옥 훈련 코스 2 : 오리걸음 300미터. 나무배를 타고 노 저어서 섬 한 바퀴 돌기.	
		12시	조별 식사.	
	오후	1시	체육 대회. 종목 : 축구, 씨름, 외나무다리 권투, 줄다리기. 기권 없음. 무조건 참가해야 함. 성적에 따라 조별로 기념품 증정.	
		5시	휴식 겸 선후배 간의 돈독한 정을 나눌 수 있는 술자리. 장기 자랑.	
		10시 이후	자유 시간. 원하는 사람에 한해서 편하게 취침 가능.	
셋째날	오전	8시	기상. 세면.	
		9시	식사 : 각 조별로 만든 음식을 학과 전체가 나누어 먹을 수 있음.	
		10시	정리.	
		11시	실미도 자유 관람.	
	오후	1시	귀가.	

이른바 지옥의 시간표!

보통의 MT라면, 놀고먹기 바쁘다.

하지만 교수들은 이번 MT를 기획하면서 단단히 벼르고 있었다.

"무조건 야생! 그리고 지옥 훈련!"

본인들이 스스로 모든 걸 알아서 준비해야 하며, 훈련의 강도도 엄청나게 높게 만들었다.

교수들은 시간표를 짜고 나서 대단히 흐뭇해했다.

"우리가 머리를 맞댄 결과 참 멋진 시간표가 완성되었습니다."

"이대로 꼭 지켜져야 될 텐데요."

"조금의 관용도 없이 그대로 적용시켜야지요. 그래야 하지 않겠습니까."

"암요!"

교수들은 작년 스승의 날을 떠올렸다.

학생들로부터 꽃과 선물을 받지 못했던 서글픈 기억들! 그렇다고 결코 그때의 앙갚음을 위해서는 아니었다.

절대로.

시간표는 다소의 우려 속에서 일단은 받아들여졌다.

"설마 이대로 하기야 하겠어?"

"농담이겠지."

현실에 대한 도피 증상!

반신반의하면서도 각자 짐들을 가지고 넓은 백사장에 자리를 잡았다.

"그럼 숙소부터 만들자."

민박 따위는 없었으니 잘 곳부터 마련해야 했다. 밤이 늦기 전에 저마다 텐트를 치기 위해서 장비들을 꺼냈다.

대부분의 조들은 필수적으로 8명이 잠을 잘 수 있는 텐트를 준비해 왔다. 예산이 빠듯한 가운데에서도 텐트에 많은 돈을 쓸 수밖에 없었다.

그런데 이현은 달랐다.

"우리도 숙소를 만들어야겠습니다."

그러면서 꺼낸 것은 두툼한 압축 스티로폼과 알루미늄 봉들, 건축 현장에서 쓰이는 단열재들!

"이게 텐트예요?"

조원들은 당황을 금치 못했다.

이현이 들고 온 물건들은 그들의 생각과는 많이 어긋나 있었던 것.

이현은 아무렇지도 않은 듯이 말했다.

"텐트라고 볼 수는 없죠. 임시로 거주할 수 있는 공간을 만들 작정입니다."

"……."

박순조가 조심스럽게 물었다.

"그런데 이걸로 뭘 짓기에는 재료가 많이 모자란 것 같은데요."

이현이 꺼낸 알루미늄 봉은 8개밖에 되지 않았다. 단열재와 스티로폼들의 양도 간신히 배낭 하나를 채울 정도였다.

"알고 있어. 부족한 나머지 재료들은 구하면 되지."

"어떻게……."

"현지 조달! 기둥과 지붕을 만들 것들을 구해 올 테니 다른 분들은 여기서 기다리고 계세요."

이현은 도구 상자에서 톱을 꺼냈다. 그러더니 인근의 산으로 들어가 버렸다.

조원들은 정말로 말문이 막혔다. 비록 산이라고 해도 아주 울창하다거나 큰 것은 아니었지만, 예상하지 못한 행동에 당황할 수밖에 없었다.

이현은 의외로 금세 돌아왔다.

어차피 톱을 가져가긴 했지만, 살아 있는 나무들을 자르진 않는다. 이미 죽어서 쓰러진 나뭇가지들을 손질해서 나무줄기를 이용해 묶었다. 그러고는 등짐을 메듯이 한 아름 메고 돌아온 것이다.

이현의 짧게 걷어붙인 어깨와 팔의 근육들이 팽팽하게 긴장되어 있었다.

힘줄들이 돋아나서 건강미가 넘쳐 난다.

한때에는 폐인이라고 해도 과언이 아니었지만, 도장에서의 운동 덕분에 튼튼한 몸이 되었다.

'저 가슴과 팔뚝 좀 봐.'

'탄탄해 보이는 복부는 또 어떻고.'

여인네들의 눈이 유달리 반짝인다.

다른 조에 속한 조원들도 은근히 이현의 조를 주시했다.

나뭇짐을 구해 올 때부터 교수들도 관심을 갖고 있었다.

"재료들은 다 마련되었고, 그럼 집을 지어 보죠."

이현은 알루미늄 봉을 땅에 깊숙이 박았다. 그리고 천장에는 나뭇가지들을 이용해서 튼튼한 지붕을 설치했다.

최상준은 지붕이 그다지 마음에 들지 않았다.

"비가 오면 빗물이 다 샐 텐데요."

나뭇가지들을 잘라 내고 엮어서 튼튼해 보이기는 했다. 그런데 벌어진 틈들이 너무 많아 비가 내리면 고스란히 다 밑으로 떨어질 판국이었다.

물론 비가 오지 않을 수도 있다.

최상준은 일을 전혀 돕지 않고 있었으니 뭐라도 지적을 함으로써 자신을 부각시키고 싶었던 것이다.

사실 다른 조원들도 그 부분이 껄끄럽기는 했다. 잠을 자는 도중에 소나기라도 내리면 큰일이 아닐 수 없으니까.

"아직 다 완성된 게 아니야."

이현은 조원들의 우려를 말끔히 덜어 주었다. 지붕을 투명한 비닐로 덮어 버린 것.

투명한 비닐을 세 겹이나 덮고 줄로 감아서 완벽한 지붕을 완성해 냈다.

비닐과 알루미늄을 실리콘을 쏴서 접합시켜 버렸으니 폭풍이 몰아치지 않는 이상 끄떡없을 지붕과 벽면이었다.

다른 텐트들에 비하면 2배나 되는 넓이로 임시 거주지가 마련되고 있었다.

"문은 바다가 보이는 쪽으로 만드는 게 좋겠지?"

이현이 조원들에게 의견을 물어보았으나, 다들 멍하니 고개만 끄덕일 뿐이었다.

이현이 무언가 재료들을 가지고 뚝딱뚝딱 움직인다. 그럴 때마다 무섭게 완성되어 가는 거주지였다.

조금의 머뭇거림도 없이 숙달된 솜씨로 만드는데, 그 진행 속도가 무섭게 빠른 것이다.

이현은 바다 쪽으로 문을 뚫었다.

비닐들을 여러 겹으로 겹쳐서 열기 편하게 지퍼를 설치하자 가볍게 완성이 되었다.

텐트에 누워서 바다를 보는 데 전혀 장애가 없었다.

문이나 벽만이 아니라 지붕도 투명한 비닐로 덮었으니, 밤이 되면 하늘의 별들을 볼 수 있으리라.

달빛이 비치는 바닷가의 비닐 집!

파도 소리를 들으면서 잠이 들면 운치는 그만일 것이다.

'집 하나 따위, 조각품 만드는 것보다야 쉬운 일이지.'

조각품을 하나 완성하는 데에는 무수히 많은 상상력이 필요하다. 조각품의 기본은 주위 환경과의 어울림.

바닷가에 가장 어울리는 집을 만드는 것 정도야 이현에게는 그리 큰일이 아니다.

이현은 바닥 공사도 튼튼히 했다.

한기가 올라오지 않도록 밑에 압축 스티로폼을 깔고, 그다음에는 건축용 단열재를 올려놓았다. 요즘에는 건축자재들이 좋은 것들이 많아 이 정도로만 해도 며칠 정도는 문제가 없었다.

1달을 산다고 해도 집처럼 쾌적하게 지내기에 무리가 없으리라.

실제로 폭풍우가 치고 그런다면 더 견고하게 만드는 게 좋겠지만, 계절상 그럴 염려는 덜어 두어도 좋을 테니까.

"완성되었습니다. 짐을 안쪽으로 옮겨 두죠."

이현이 집을 다 만들자, 조원들이 들어가서 한번 둘러보았다. 넓어서 쾌적하고 바닥은 쿠션감이 있다.

"정말 좋아요."

"편안해요. 텐트보다 넓고요."

말이 없던 홍선예와 주은희도 즐거워했다.

다른 조들은 아직도 텐트를 설치하느라 허우적거리고 있

는데 그들의 조만 순식간에 이렇게 멋진 집을 가진 것이다.

지금까지 아무 관심도 보이지 않던 홍선예가 이현에게 다가왔다.

"인테리어나 건축 쪽에 관심이 많으신 것 같아요. 어쩜. 저도 그런 취미를 가진 남자가 이상형이었거든요."

이현에 대한 인식이 상당 부분 개선되었다는 증거였다.

이현은 솔직하게 대답했다.

"막노동 3개월만 하면 누구나 다 이 정도쯤이야 합니다."

"유머 감각도 뛰어나세요."

홍선예는 농담도 잘한다면서 자지러지게 웃었다.

서윤도 임시 거주지에 들어가서 둘러보고는 한결 편안해진 얼굴을 했다.

그녀는 다른 사람들과 어울릴 자신이 별로 없었다. 밤에 잠을 자는 것도 쉽지 않은 일.

MT를 오면서도 그 점이 내내 걱정이었는데, 쾌적하고 넓은 집을 보니 마음이 놓였다.

그렇게 이현의 조가 임시 거주지를 완성했을 때 다른 조들도 절반 정도는 텐트를 쳤다. 특별히 서두른 것도 아니었지만 이현이 너무 빨리 움직인 탓에 아직 헤매는 조들도 많았다.

"자, 밥을 먹죠."

이현은 밥을 차리기 위해 음식 재료들을 꺼냈다.

평소에도 늘 하던 일이었으니 어려울 까닭이 없었다.

냄비에 쌀을 씻어 넣고 바위 틈새에 올린다. 그런 후에 조금 전에 주워 왔던 나무들을 밑에 깔았다.

"근데 불을 피워야 되잖아요."

이유정, 민소라 등 여자 애들이 이제는 호기심 어린 시선으로 다가왔다. 복학생으로 의심하면서 꺼림칙해하던 태도는 없었다.

집을 만드는 일이 쉽게 해결이 되었으므로 마음이 가벼워진 탓도 있으리라.

"불이야 만들면 되죠."

"어떻게요?"

"도구가 있으면 조금 쉽긴 한데……."

이현은 잠시 궁리를 했다.

돋보기가 있다면 햇빛을 모아서 종이를 불태우면 된다. 제일 쉽고 편한 방법이다.

'돋보기는 여기에 없지만, 비슷한 게 있긴 하군.'

거주지를 만들기 위해 가져왔던 비닐을 활용하면 된다. 비닐에 물을 담아서 빛을 모으면 되는 것이다.

그런데 좀 까다롭기도 하고, 비닐을 찢어서 써야 한다는 점이 아까웠다.

"그냥 나무로 불을 피우죠."

이현은 적당한 나무를 찾았다.

잘 마른 나무에 마른풀을 조금 넣고 나뭇가지를 돌려 가면서 비빈다. 공기가 잘 통할 수 있도록 바람을 불어 주는 것도 잊지 않았다.

치이이이.

흰 연기가 모락모락 나더니 금세 불이 붙는다.

매우 쉽게 된 것 같지만, 경험이 없다면 절대로 쉬운 일이 아니었다.

'로열 로드에서 다 했던 거지.'

초보 때는 부싯돌을 살 돈도 아까웠다. 그리하여 나무들을 비벼 가면서 불을 만들어서 썼다.

한 푼이라도 아끼기 위한 지극 정성!

나중에 현실에서도 똑같이 이루어지는지 실험을 해 본 적이 있었다.

로열 로드에서 그의 조각사였다. 현실에서도 가끔 나무들을 깎는 연습을 하면서 문득 든 생각에 나무로 불을 피워 본 것.

처음에는 연달아 실패만 하며 잘되지 않았지만, 4시간에 걸친 노력 끝에 불을 만들어 낼 수 있었다.

조각사라는 직업이 가져다준 또 하나의 장점!

그 불을 피워 본 경험을 써먹은 것이다.

"와!"

조원들은 불을 보며 놀라워했다.

평소엔 라이터 한 번만 켜더라도 쉽게 얻을 수 있는 불이지만, 야외에서 이런 식으로 불을 켜니 색다른 정취가 있었다.

이현은 그 불을 이용해서 밥을 해서 먹었다.

불을 피워야 한다는 조건 때문에 식사 시간은 2시간이나 주어졌다. 시간이 넉넉하게 남아서 돼지고기를 삶아 보쌈을 했다. 족발도 삶아서 먹을 수 있었다.

"아, 배고파."

"어서 라면 끓여!"

다른 조에서는 서둘러 버너와 코펠을 꺼내 물을 끓이려고 했다. 하지만 불부터 스스로 만들어야 한다.

나무를 비벼 대며 물집이 잡혀서 고통스러워하느라 아우성이었다.

"안 돼. 도저히……."

"이 방법으로 불이 나오는 거 맞아?"

"저쪽 조는 했잖아."

몇 개 조는 고생 끝에 카메라 렌즈와 같은 도구를 이용하여 불을 피워 라면과 밥을 해 먹을 수 있었다. 그럼에도 아직 밥도 못 먹은 조들이 훨씬 많았다.

이제부터는 지옥 훈련의 시간이었다.

The Legendary Moonlight Sculptor

야생과 지옥 훈련

학생들은 배가 고팠지만 시간이 되자 일단 백사장에 모였다. 교수들은 먼저 와서 기다리고 있었다.

"해변을 따라서 섬을 한 바퀴 돌면 오늘의 지옥 훈련은 끝납니다."

학생들은 마음 편하게 생각했다.

'5시까지니까 느긋하게 돌아보면 되겠군.'

'실미도를 한 바퀴 돌면서 관광을 하라는 이야기구나.'

신입생 중에 김현준이 손을 들었다.

"교수님, 질문 있습니다. 저희 조가 식사를 못 했는데요. 섬을 한 바퀴 돌고 나서 시간이 남으면 밥을 먹어도 됩니까?"

교수는 흔쾌히 허락했다.

"얼마든지. 지옥 훈련이 끝난 이후부터 다음 일정까지는 자유 시간입니다. 그럼 다들 준비되었습니까?"

"네!"

학생들은 달리기 편한 운동화를 신었다. 그러니 이것으로 해변 달리기에 대한 준비는 끝났다고 볼 수 있다.

"그럼 달립니다. 시작!"

교수의 지령이 떨어지자, 100여 명의 학생들이 우르르 앞으로 나아간다.

"바닷바람을 맞으면서 조깅을 하니 기분이 좋네."

"건강에도 도움이 되고, MT에 오길 잘한 것 같아요. 그렇죠, 선배님?"

"응. 정말 잘 온 것 같아."

학생들은 산보라도 하듯이 여유롭게 걷거나 달렸다.

모래사장이라고 해도 발이 푹푹 빠지는 혹독한 지형은 아니었다. 너무나도 고운 모래 알갱이들이 깔려 있어서 달리기에는 딱 좋았다.

그런데 복학생들을 필두로 일부의 학생들이 죽어라 뛰고 있었다.

"헉헉!"

"더 빨리. 더 빨리 가야 돼!"

대다수의 학생들은 그런 복학생들을 이해 못 했다.

"좀 천천히 뛰세요."

"따라가기 힘들잖아요."

자잘한 불만들이 터져 나왔다.

그런데 복학생들은 뒤를 돌아보며 환하게 웃었다.

"아, 그럼 천천히 오렴."

"우린 먼저 가서 기다리지 뭘."

느긋하게 달리던 학생들이 물었다.

"혹시 무슨 일이라도 있으세요?"

그러자 복학생들은 고개를 저으며 강하게 부정했다.

"일은 무슨. 그냥 좀 달리고 싶어서 그래."

"이렇게 좋은 섬에 와서 바닷바람을 맞으며 달릴 일이 그리 흔하지 않잖아. 안 그래?"

"맞아. 우린 그저 달리고 싶은 거야."

그 말을 남기고 복학생들은 쏜살같이 앞으로 뛰어나갔다.

이현도 달리기에 대해서는 별로 욕심이 없었다. 그저 섬을 한 바퀴 돌면 될 뿐이라고 편하게 생각하고 있었다. 그런데 일부 복학생들의 행동을 보니 어딘가 수상쩍었다.

'무언가 있다.'

이현은 누구도 믿지 않았다.

오직 가족을 위해서 살 뿐!

인간애나 신뢰, 동정심 따위는 버린 지 오래다.

한때에는 그래도 세상이 그렇게 각박한 것은 아니라는 순박함이 있었다. 너무 돈 돈 돈 하면서 사는 게 아닌가 하는 자책도 들었다.

하지만 그것도 다 밑바닥까지는 떨어져 본 적이 없는 이들의 말일 뿐이다.

사채를 30억 정도 지고 있어 본 경험이 있다면 결코 세상이 아름답다고만 생각하지 않으리라.

인생 막장!

바닥까지 떨어져 봤다면 절대로 쉽게 남을 믿지 않게 된다.

'뒤통수를 맞지 않도록 조심해야 된다. 믿을 놈은 하나도 없어!'

이현은 복학생들의 행동을 보면서 달리는 속도를 끌어 올렸다.

도장에서 매일 체력 훈련을 하기도 하지만, 기본적으로 버스 탈 돈이 아까워서 웬만한 거리는 늘 뛰어서 다닌다. 시간도 아끼고 체력도 키울 겸 매번 달리기를 하니 이런 곳에서의 달리기는 산책 수준에 지나지 않았다.

타다다다다닥!

주위 다른 학생들을 훨씬 능가하는 속도!

복학생들을 금세 따라잡았다. 하지만 선두로는 치고 나가지 않으면서 이유를 알아내려 애썼다.

복학생들이 먼저 달린 이유는 금방 밝혀졌다.

아무리 달려도 실미도의 해변가의 끝이 안 보였다.

"헉헉, 슬슬 이쯤에서 방향이 꺾여야 되지 않을까? 왜 그대로 직진으로 달리는 기분이지?"

"벌써 15분을 넘게 온 것 같은데."

"배도 고프고."

"목말라 죽겠네."

몇 명의 복학생들은 알고 있었다.

대부분 서해의 섬이라고 하면 금방 한 바퀴를 돌아볼 정도로 작다고 착각을 한다. 그러나 그 섬들도 정작 걸어서 돌아보려면 그리 쉬운 일이 아니다.

실미도의 해변 둘레는 6킬로가 넘는 거리!

한 번이라면 어떻게 달려도 두 번 다시 달리고 싶진 않았던 것이다.

'미안하다. 후배들아.'

복학생들은 선착순에 목숨을 걸고 달렸다.

그러자 다른 학생들도 영향을 받아서 점점 달리는 속도가 빨라졌다.

해변이 계속 끝도 없는 것처럼 이어져서 마음이 조급해진다.

배고픔과 체력의 한계!

학생들끼리 몇 번 순위가 뒤바뀌기도 했지만, 금방 전체적인 속도가 늦춰지고 입에서는 단내가 났다.

운동을 등한시했던 학생들에게는 정말로 지옥 훈련이 따로 없었다. 나중에는 달리는 것이 아니라 거의 걷는 수준으로 바뀌었다.

그렇게 한 바퀴를 돌았을 때 이현은 가뿐히 선착순 30등 안에 들었다.

다른 복학생들과 선배들, 신입생들 중에서도 체력이 좋은 몇 명이 선착순에 포함되었다.

서윤도 그들 중의 1명이었다. 그녀는 평소에 아침마다 차은희와 조깅을 나가는 습관이 있어서 거뜬히 달린 것이다.

하지만 선착순에 포함되지 않은 이들은 실미도를 다시 한 바퀴 돌아야 했다.

기진맥진해서 느끼는 허기에 막막함과 아득함!

"죽겠네."

"제발 아무나 누구 저 좀 도와주세요."

학생들은 자신들을 대신해서 달려 줄 사람들을 구하려고 했지만, 누구도 응하려고 하지 않았다.

6킬로라는 거리!

짧다면 짧지만 달려서 돌려고 하면 굉장히 멀게 느껴지는 거리다.

두 바퀴를 돌아야 한다면 말할 것도 없다.

이제 3시간이나 되는 시간을 준 이유를 알 수 있었다.

달리지 못하겠으면 걸어서라도 완주하라!

하지만 기진맥진한 지금은 걷는 것도 힘이 들었다. 쓰러지기 직전이었다.

"저… 좀 도와주세요. 정말 죄송하지만 대신 뛰어 주시면 안 될까요?"

홍선예가 힘들게 이현에게 부탁을 해 왔다. 체력적으로 한계를 느껴서 주저앉은 그녀는 멀쩡해 보이는 이현에게 의지를 하고 싶었다.

이현은 당연히 대답했다.

"그야 물론……."

막 거절의 의사를 밝히려던 찰나!

"좋습니다."

이현은 마음을 바꾸어서 달리기로 했다.

달리기를 일찍 끝내 봐야 섬에서 딱히 할 일도 없다. 그럴 바에야 체력 훈련이나 하는 편이 더 나을 테니까.

두 바퀴째에는 거의 대부분의 학생들이 숫제 대놓고 걸었다. 평소에 운동을 안 하던 사람이 12킬로를 뛰기란 매우 힘든 일이었으니까.

억지로 참고 뛰는 일부 학생들과, 군대를 다녀온 남학생들만이 그나마 달리고 있었다.

"커흐흑."

"야흐흥."

괴상한 신음 소리가 달리는 학생들 사이에서 터져 나온다. 천근만근 무거운 발걸음을 억지로 떼어 놓기도 한다.

포기하고 싶었다. 그런데 다른 조원들을 생각해서라도 포기하지 못한다. 점심도 먹지 못했는데, 자신이 그대로 주저앉는다면 그의 조는 저녁도 굶어야 했던 것.

'이래서 지옥 훈련이구나.'

'아주 교묘하게 시간표를 짜 놓았어.'

이를 바득바득 갈면서도 억지로 움직일 수밖에 없었다.

그런데 이번에는 민소라가 지쳐서 땅에 주저앉았다. 모랫바닥에서 가쁜 숨을 몰아쉬었다.

"더, 더 이상은… 도저히 못 뛰겠어."

이현은 한참 앞에서 그 광경을 보고 다시 돌아왔다.

"업혀."

"네?"

"업히라고. 업으면 안 된다는 규칙은 없었으니까 괜찮아."

"그렇긴 하지만… 무거울 텐데요."

"걱정 마. 너 정도 무게는 많이 업어 봤어."

이현은 쌀 배달을 한 경험을 되살렸다.

쌀 한 가마니를 들고 뛸 때보다야 사람을 업는 편이 훨씬 쉽다!

'노가다 판에서 벽돌 한 짐을 지고 계단을 오를 때보다도 더 쉽지.'

민소라는 갈등하다가 조심스럽게 이현의 등에 업혔다.

"무거우면… 내려 주세요."

"그래."

이현은 그리 어렵지 않게 업었다.

두 손으로 허벅지를 받치고 처음에는 발걸음을 서서히 옮겼다. 그러자 주변 학생들의 시선이 모였다.

일부는 부러움, 일부는 찬탄!

혼자도 힘들 텐데 여학생을 업고 걷다니 놀라운 체력이 아닌가!

그런데 진정한 놀라움은 그때부터였다.

타다다다다닥.

이현은 민소라를 업은 채로 달렸다.

"어라?"

"이 무슨……."

걷기도 힘들어 죽겠는데 달리다니!

그나마도 이현이 속도를 조절하는 것을 알았더라면 깜짝 놀랐으리라.

'빨리 도착해도 할 일이 없으니 그냥 주변 사람들과 적당히 맞춰야지. 대충 선두의 애들과 맞추면 되겠군.'

이현은 학생들의 선두에서 두 번째 바퀴를 가볍게 주파했다.

"아이고, 힘들다."

"죽겠다, 죽겠어. 지금 아이스크림 하나만 먹을 수 있다면 얼마나 좋을까."

"시원한 물이라도 실컷 마셨으면……."

다른 학생들은 도착하자마자 땅바닥에 주저앉아서 앓는 소리를 냈다.

민소라의 얼굴도 바짝 상기되었다.

'정말 날 업고 달리다니.'

금방 다시 무겁다고 내려놓을지 몰라서 얼마나 불안했는지 모른다. 그런데 정말 도착할 때까지 꿋꿋하게 달렸다.

남자라고 해도 그냥 편한 친구들로만 여겼는데, 든든한 의지처가 될 수 있다는 사실을 깨달았다. 이현을 보는 시선이 한결 호의적으로 변하게 된 계기였다.

그렇게 섬을 두 바퀴 달리고 나니, 이윽고 식사 시간이 다 되었다.

이현은 곧바로 음식을 준비했다.

이번에 만들려는 요리는 로즈마리 소스를 곁들인 양 갈비구이와 지중해식 해산물 수프.

그냥 삼겹살 등을 구워 먹을 수도 있지만 숨이 턱에 차도록 달린 사람들의 입맛이 없을 것 같아서 특별히 손이 많이 가는 요리를 택했다.

"형, 저도 도와 드릴게요."

박순조가 팔을 걷고 나섰다.

다른 조원들은 아직 도착하지 않았거나 아니면 숨을 헉헉 대며 땅바닥에 드러누워 일어나지를 못하고 있다. 박순조는 다행히 첫 번째에 턱걸이로 스물아홉 번째로 들어와서 한 바퀴만 뛰었던 것이다.

이현은 갈비를 손질하면서 물었다.

"집에서 요리는 많이 해 봤겠지?"

"아뇨. 처음인데요. 부엌에 들어가 본 적도 거의 없어요."

"그래도 할 수 있는 요리는 있을 거 아냐."

"예. 라면은 잘 끓입니다."

"…과일은 깎을 줄 알지?"

"과일 껍질요? 깎아 본 적 없는데요. 일단 맡겨 주시면 잘 해 볼게요."

"그릇이나 씻어."

이현은 차라리 혼자 고생을 하는 편을 택했다.

로열 로드에서는 다른 동료들에게 재료를 손질하는 등 요리에 대한 기본적인 도움은 받을 수 있다. 하지만 현실에서는 요리 스킬이 따로 없으니 웬만하면 직접 하는 편을 택한 것이다.

그렇다고 해서 서윤을 시킬 수도 없었다.

최악의 요리!

몸살감기에 걸렸을 때에도 인간이 맨 정신으로 먹기 힘든 죽을 만들어서 강제로 먹였던 적이 있으니까.

서윤이 요리를 하겠다고 나서면 어떻게든 말려야 할 입장이었다.

'그럼 그렇지. 어디서나 이렇게 무능한 놈들 때문에 고생하는 팔자지.'

이현은 불을 크게 피우면서 갈비를 굽고 있었다.

"힘드시죠?"

홍선예가 수건을 건넸다.

그녀가 쓰기 위해 가지고 왔던 깨끗한 수건이다. 그녀의 얼굴과 머리카락은 방금 씻은 듯이 물기로 촉촉하게 젖어 있었다.

"저 때문에 괜히 섬을 두 바퀴나 달리시고, 너무 죄송해요. 많이 힘드시죠."

이현은 이번에도 솔직하게 대답했다.

"별거 아니었습니다."

"교수님들도 정말 너무하시지. MT에 와서 이렇게 지옥훈련을 시키는 경우가 어디에 있어요!"

여자들이 누군가를 맹렬히 비난할 때에는 그 흐름을 거슬러서는 안 된다. 은근슬쩍 같이 비난해 줌으로써 쉽게 친근감을 키우는 것이야말로 처세의 기본이니까.

논리를 내세우거나 해결책을 제시하기보단 기분을 이해한다는 몇 마디 말로도 점수를 딸 수 있다.

하지만 이현은 홍선예에게 잘 보일 필요가 없었으니 대충 대답했다.

“제 생각에는 지옥 훈련치고는 너무 쉬운데요.”

“이게 쉬워요?”

“지옥 훈련이라고 할 수도 없죠.”

모름지기 지옥 훈련이라는 이름을 붙였다면 이래서는 안 된다.

이현이 계획을 짰다면 이렇게 여유롭게 하진 않았으리라.

일단 섬에 도착하자마자 가볍게 20킬로 정도 산악 행군. 행군이 끝나면 몸 풀기로 3시간 정도의 전투 체조. 식사는 5분 정도로 끝내고 나서 다음 코스로 이동해야 한다.

바다에 몸을 절반 정도 담근 상태에서 통나무 들고 뛰기!

갯벌에서 통나무를 끌고 달리는 것도 좋다. 묵직한 통나무를 이용해서 할 수 있는 훈련은 정말 많으니까.

이 정도의 과정을 마치고 나서 밤에는 2시간 정도 재운다.

이쯤은 되어야 기본적인 훈련이라고 할 수 있지 않겠는가!

도장에서 사범들을 보고 교훈을 얻었다.

인간에게 한계란 없다!

갈구고 괴롭히면 뭐든 해낸다.

안 되면 되게 하라.

죽을힘을 다하면 못할 게 없다.

사범들과 놀다 보니 어느새 그들의 기준에 맞춰진 이현이었다.

"어쩜."

홍선예는 전혀 다르게 해석했다.

그녀를 위해서 달려서 힘이 들었겠지만 남자답게 강한 모습을 보여 주고, 또 원망하지도 않는 것이다.

'날 좋아하나?'

그런 착각을 할 수밖에 없었다.

그렇게 식사를 마쳤다.

푸짐한 저녁 식사를 하는 동안 다른 조들의 부러움을 살 수밖에 없었다.

다른 조들의 음식은 단순했다. 김치라면, 쇠고기라면, 너구리 등 라면 종류를 벗어나질 못했던 것이다. 짜파게티나 비빔면을 끓인 경우도 있었지만, 음식의 수준과 질에서 이현의 조와 비교할 수가 없었다.

꼬꼬댁!

닭 중의 막내인 양념반프라이드반이 홰를 치며 날아다닐 때마다 군침을 삼켰다.

"들었어? 저 닭 식용이래……."

"부럽다. 정말 부럽다."

야생의 처절한 환경에서도 수준이 달랐다.

아마 이 시기에 무인도에 갈 때 세 가지를 가져갈 수 있는데 무엇을 가져가고 싶냐고 하면 모두의 대답은 한결같으리라.

이현.

라이터.

양념반프라이드반!

그렇게 부러움을 안겨 주면서 식사가 끝이 나고, 이제는 담력 체험의 시간이 되었다.

"저 산에 가서 숨겨 놓은 종이쪽지들을 찾아오면 됩니다. 많이 찾아온 조에는 특별 지급품으로 양주가 지급됩니다."

어두운 산에서의 담력 체험!

실물 같은 뱀이나 사자 인형 들도 숨겨져 있다가 사람들을 놀라게 만들었다.

이번에도 이현이 속한 조가 가볍게 1위를 했다.

"다리가 아파서 죽겠어."

"아, 졸려. 배고파. 피곤해."

산행을 하기에는 너무 지쳐서 다른 조들은 열의가 없었다.

이현과 서윤, 박순조 정도만이 부지런히 돌아다녀서 종이쪽지를 10개나 찾을 수 있었다.

그날 밤에는 11시가 되니 모두 쉽게 곯아떨어졌다.

배를 타고 와서 텐트를 치고, 밥을 해 먹고, 달리기를 한 모든 것들이 평소에 해 보지 못한 것들이라서 쉽게 지친 것이다.

텐트들과 임시 거주지가 있는 백사장에서는 파도 소리와 함께 코 고는 소리만이 번갈아 들렸다.

철썩!

드르렁.

철썩!

쿠우우울!

이현은 여느 때처럼 새벽에 일어났다.

'혜연이는 밥이나 제때 먹고 있을지 모르겠군. 할머니 병원에 가서 반찬도 좀 채워 놔야 되는데.'

섬에서 그가 할 수 있는 일은 없다.

다크 게이머의 홈페이지에서 정보를 습득하는 일도 불가능했고, 경매 사이트를 보면서 아이템의 시세에 대해 공부하지도 못한다. 그저 편안하게 쉬기만 할 뿐이다.

'이렇게 쉬어 본 적도 드물군.'

이현은 몇 년 만의 편안함을 느끼며 임시 거주지를 조용히 빠져나왔다.

텐트 안에서는 학생들이 잠을 청하고 있고, 파도 소리가 들린다. 새벽의 달과 별 빛을 통해 가까운 근처만 간신히 구분할 수 있을 정도로 어두웠다.

"좋군."

이현은 산책이라도 하듯이 백사장을 걸었다.

남들처럼, 저들과 어울려서 친해지고 싶다. 하지만 그럴 수 없다.

'난 저들처럼 밝지 않으니까. 어둠에 숨어서, 돈을 벌면서 사는 게 편하니까.'

친구나 선후배 관계가 어색했다.

초등학교 시절에 친하다고 믿었던 이들은 멀리 떨어져 나갔다.

친구들의 부모가 이현에게 말했다.

"우리 애와 놀지 마라."

어린 나이에도 이현은 당돌하게 이유를 물었다. 납득할 수 없었으니까.

"부모님이 모두 돌아가셨다면서. 그리고 너희 집도 아주 가난하다고 들었다. 그러니 더 이상 우리 애와는 가까이 하지 마."

부모님이 없고 가정환경이 어렵다는 이유로 친구도 만들지 못했다. 선생들은 물건이 없어지거나 돈을 잃어버린 아이가 나올 때마다 이현부터 추궁했다.

이런 경험들이 이현으로 하여금 돈을 밝힐 수밖에 없게 만들었다.

그렇다고 그런 부모님들의 마음을 이해하지 못하는 건 아니었다.

'남의 자식보다는 내 자식이 중요하니까. 안 좋은 영향을

끼치지 못하게 하기 위해서였겠지.'

이현은 과거의 기억들은 더 이상 떠올리려고 하지 않았다.

쉴 수 있을 때에 편하게 쉬어야 한다. 그래야만 MT가 끝나고 집에 돌아가면 더 열심히 일을 할 수 있을 테니까.

이현은 느긋하게 새벽의 산책을 즐기기로 했다. 그런데 멀리 보이는 바위에 누군가가 먼저 와서 앉아 있었다.

서윤이었다.

이현처럼 잠이 적은 편은 아니었지만, 아무래도 불편한 잠자리라서 금방 일어나서 나왔던 것이다.

"……."

서윤도 이현을 발견하고는 아무 말도 하지 않았다. 그저 옆 자리를 힐끗 보았을 뿐이다.

이현은 그녀의 옆 자리에 앉았다. 물론 몇 번이나 눈치를 슬금슬금 보면서 그녀의 의사를 확인하는 것도 잊지 않았다.

'앉으라는 뜻인가? 앉으라는 거겠지? 안 앉으면 화를 낼 거야. 어쩌면 나중에 보복을 할지도.'

아직은 어두운 밤.

이현과 서윤은 한 바위에 앉아서 바다를 보고 있었다.

무수히 많은 별들이 반짝이는 하늘 아래에, 광활하게 펼쳐진 바다.

그렇게 하염없이 앉아서 휴식을 취하고 있었다.

"……."

서윤은 잘 열리지 않는 입을 떼어서 한마디의 말이라도 하고 싶었다. 그런데 긴장감 때문에 정작 말을 할 수가 없다.

실상 말을 한다고 하더라도 구체적으로 무엇을 말해야 할지도 알 수 없었다.

친구라는 사실. 그리고 만나서 반갑다는 이야기를 하고 싶었지만 어떻게 정리를 해야 할지 몰랐다.

'말하지 않아도 알 거야. 진심은 어떻게든 전해지니까.'

서윤은 가끔 깊은 눈빛으로 이현을 오랫동안 쳐다보았다. 이현에게 무궁무진한 상상을 불러일으키는 눈빛이었다.

'조각상을 만든 사실을 안다는 건가? 모라타의 미녀 조각상은 진작 치워 버렸어야 했는데. 아니, 절망의 평원에서 봤던 조각상이 내가 만든 건 줄 알아냈을까? 혹시 바란 마을의 프레야 여신상이 그녀를 바탕으로 했다는 걸 안 건지도 몰라. 아, 이 눈빛은 내가 중증 감기에 걸려서 죽어 갈 때, 그 독약 같은 죽을 억지로 퍼먹일 때와 똑같은 눈빛이구나!'

착각과 불신, 두려움이 싹트는 새벽이었다.

모라타 마을 입구.

"헤헤, 수고하셨습니다."

"다인 님도 수고가 많으셨어요."

"덕분에 퀘스트를 깰 수 있었습니다."

한 무리의 파티가 해산을 앞두고 있었다.

그들이 향했던 탐험 장소는 망각의 샘 주변의 황혼의 폐허!

"정말 말도 안 돼요. 우리가 황혼의 폐허를 토벌할 수 있었다니요."

"얻은 아이템들도 정말 많고, 재밌는 경험이었어요. 다 다인 님 덕분입니다."

"헷. 제가 뭘요."

파티원들은 한 샤먼의 놀라운 활약상을 잊지 못했다.

보통 샤먼은 잡캐라고 불린다. 치료와 마법 공격, 능력치 강화, 저주, 몸싸움에 이르기까지 못하는 게 없는 직업.

뒤집어 본다면 잘하는 것도 없었다.

그리하여 파티를 결성할 때에 샤먼은 일부러 찾지는 않는 편이다. 성직자의 치료 능력이 부족하거나, 혹은 특정 분야에 도움이 필요할 때에나 샤먼을 보조적인 역할로 초대했다.

그런데 다인은 일반적인 샤먼들과는 차원이 달랐다.

웬만한 성직자를 능가하는 치료 능력과 보호 능력. 공격력도 마법사에 버금갈 정도다.

눈멀기.

마법 봉쇄.

나무덩굴로 적의 움직임을 묶어 놓기.

투명 화살.

날파리 소환.

다양한 특기들을 적재적소에 맞춰서 활용하며, 스킬들의 숙련도도 매우 높다.

파티원들이 다인에게 흠뻑 빠진 것도 당연했다.

“헤헤헷. 그럼 우리 모두 친구 등록을 할까요?”

다인의 제안에 파티원들은 크게 환영했다.

“좋습니다.”

“다음에 꼭 같이해요!”

그렇게 다인은 파티원들과 아쉬운 작별을 했다. 그 후에는 모라타 마을을 돌아다녔다.

여전히 공사가 벌어지고 있는 마을에는 못 보던 상점들이 들어서고 있었다.

“남쪽 언덕 사냥 가실 분 구합니다. 마법사 우대!”

“전사 레벨 300대 이상 구합니다. 목숨 내놓고 싸우실 수 있는 맷집 400 이상만.”

“마법사 구해요. 네크로맨서나 소환술사면 환영합니다. 퀘스트합니다.”

사냥과 퀘스트를 위해서 대원을 모집하는 사람들도 많다.

구석에서는 생산직 직업들이 무언가를 뚝딱거리며 만들고 있고, 상인들은 장사를 한다.

방직소와 신앙소, 교역소의 개점!

방직소에서는 가죽과 천을 짠다.

다른 도시들보다는 모험가들이 구해 온 가죽들을 비싸게 구입해 주며, 돈만 준다면 맞춤형 장비를 제작해 주기도 했다.

모라타의 방직 기술은 최고 수준이라서 재료만 좋다면 제법 괜찮은 재료가 나온다.

신앙소에서는 저주를 해소하거나 축복을 내려 주고, 성기사와 성직자 들을 양성하는 역할을 했다.

교역소는 언제나 상인들로 붐비는 인기 있는 장소였다.

모라타에 사람들이 몰릴수록 필요로 하는 사치품, 음식, 무기와 방어구 들도 많아진다. 모라타에서 특산품을 구매하고 다른 지방의 물품들을 판매하면서 이윤을 벌어들이는 상인들로 인해서 인산인해를 이루었다.

용병 길드도 드디어 완성되어 있었다.

붉은 방패 용병들의 집결소

죽음과 삶을 오가는 거친 용병들.

용병들에게 술을 한 잔 사 주고, 그들과 대화를 나누다가 고용을 할 수 있다. 파티 사냥을 원치 않는 사람이라면 용병들을 고용해서 퀘스트를 하는 경우도 많다.

기본적인 자격이 없다면 유능한 용병들은 대화도 나누지 않는다. 명성, 레벨, 직업 등을 모두 고려한 이후에 친밀도를 높여야 고용을 할 수 있다.

고용을 한 후에도 비싼 일당을 치러야 하지만, 그 효과가 상당해서 용병을 찾는 사람들은 끊이지 않았다.

다인은 마을을 돌면서 필요한 물품들을 구매하고 마법사를 찾는 파티에 다가갔다.

"직업은 샤먼. 레벨은 227인데 괜찮을까요."

"좀 낮긴 한데… 우선 파티원들과 의논을 좀 해 보고 답변을 드리겠습니다."

장창을 주 무기로 삼는 파이크맨이 리더였다.

그는 파티원들과 귓속말을 나눈 후에 다인에게 고개를 끄덕였다.

"알고 보니 꽤 유명하신 분이었군요. 다인 님이라면 환영입니다. 우리 파티는 노을 해골의 종적을 뒤쫓아 처단하는 의뢰를 수행 중에 있습니다. 합류하시겠습니까?"

"넷!"

다인은 간단한 테스트도 거치지 않고 파티에 합류했다.

그들의 목적지는 모라타 마을 근처에 있는 녹색 호수 부근이었다. 다인은 새로운 파티원들과 함께 녹색 호수를 향해 움직였다.

The Legendary
Moonlight Sculptor

발각된 이현의 정체

MT의 둘째 날!

아침이 밝아 왔는데, 텐트 안에서는 기괴한 소리들이 들렸다.

"끄응. 끙."

"흐허허허럭."

"허, 허벅지가……."

어제 달리기의 후유증 탓에 고통을 호소한다.

달린 직후에도 괴롭지만, 그다음 날의 근육통이란 이루 말할 수 없는 법!

"모두 일어나. 아침이다!"

교수들이 각 텐트마다 돌아다니며 깨우고 나서야 자리에

서 일어났다. 그렇게 졸린 눈을 부비고 움직여서 세수를 하고 부리나케 식사를 준비한다.

각 조들은 아침을 성대하게 차렸다.

어제는 너무 고생한 탓에 정신이 없어 재료가 있더라도 간단히 라면만 해 먹었지만, 오늘은 일단 배부터 채우기로 했다.

지글지글.

삼겹살을 굽고, 사이다도 뚜껑을 열었다.

"소주를 마셔도 됩니까?"

일부 학생들이 호기롭게 교수에게 물었다.

아침 해장술이야말로 MT의 기본이 아니던가!

교수도 매우 기쁜 마음으로 허락했다.

"마셔라! 마시고도 오늘의 지옥 훈련을 견딜 수 있다면!"

소주는 얌전히 다시 박스로 돌아가야 했다.

이현의 조에서도 어제 남은 재료를 이용해 부대찌개를 끓였다. 반찬으로는 갓김치에 조기구이, 나물무침을 했다.

밥은 솥단지에 금방 해서 김이 모락모락 나고, 끝에는 누룽지까지 긁어 먹을 수 있었다.

"형, 음식 하나는 진짜 최고예요!"

최상준이 엄지손가락을 치켜들었다.

민소라도 누룽지를 후루룩 마시다가 궁금한 듯이 물었다.

"어디서 이런 요리 솜씨를 익히셨어요?"

요리를 잘하는 남자야말로 매력적인 이상형으로 자리를 잡은 지 오래다.

특별한 날마다 요리를 해 준다면 여자들로부터 사랑을 받지 않을 수 없으리라. 그런 관점에서 본다면 요리야말로 남자들이 익혀 두면 좋은 덕목!

“집에서 밥을 하면서 요리 실력을 키웠지. 벌써 10년도 훨씬 넘었어.”

“그렇게 어릴 때부터 밥을 했어요? 그리고 집에서 하는 요리 솜씨치고는 너무 뛰어난데요.”

“그럴 사정이 있었으니까. 그리고 좀 더 구체적인 요리는 로열 로드에서 배웠어.”

로열 로드에는 요리 스킬이 따로 존재한다. 그렇다고 해서 요리가 스킬로만 처음부터 끝까지 이루어지는 건 아니었다.

현실에서는 솥에 쌀을 넣고 물 조절을 잘못하면 그 피해가 엄청나다. 쌀이 완전히 타 버리거나 죽이 되어 버린다.

로열 로드의 음식 스킬은 이러한 실수로 인한 피해를 줄여 주고, 맛을 더해 준다. 그럼에도 제대로 된 맛을 내기 위해서는 정확한 조리법을 선택해야 했다.

이현은 그런 요리법들에 대한 공부도 매일 하고 있었던 것이다.

가상현실이란, 현실의 다양한 부분들을 습득하지 않으면 안 되었으니까.

아침 식사를 마치고 나서는 다시 지옥 훈련의 시간!

"오리걸음이다. 딱 300미터만 간다."

"우우우!"

교수의 말에 학생들의 원성이 엄청났다.

다리에 쥐가 날 지경이었지만 억지로 오리걸음으로 걸어 300미터를 이동했다. 사실 거리 자체는 그리 길지 않았으므로 금방 끝났다.

"그래도 오늘은 할 만하네. 시간도 20분도 안 걸렸어."

"교수님들도 양심은 있으신 거지."

"잠이나 실컷 더 자고 싶다."

학생들의 긴장감이 조금은 풀렸다.

그때 더욱 울분을 돋우는 교수의 말.

"준비운동은 끝났지?"

어제의 달리기로 혹사당한 근육을 풀어 주기 위한 준비운동이었을 뿐!

본격적인 지옥 훈련 일정은 나무배를 탄 이후부터였다.

8명이 탄 나무배에 노는 한 세트가 있었다.

"규칙은 간단하다. 노를 저어서 섬을 한 바퀴 돌고 오면 된다."

교수들은 혹시 모를 만일의 사태에 대비해서 모두에게 구명조끼를 입혀 주었다. 그에 더해 어선을 빌려 타고 주위를 맴돌고 있었으니, 안전사고 대비는 철저한 편이었다.

이현은 일단 배부터 자세히 살펴보았다.

'꽤 오래된 나무배군. 적어도 10년은 된 것 같아. 배를 타 본 경험은 거의 없지만 일단 한번 저어 볼까?'

이현이 나서려고 할 때에 먼저 최상준이 노를 잡았다.

"형, 저부터 해 보죠."

"그럴래?"

"예. 형은 좀 쉬세요. 나중에 제가 지치면 교대해 주시고요."

최상준도 지금까지 고생을 한 이현에게 미안한 감정이 조금 들었다. 다른 조들이 고생을 할 때에 편한 생활을 할 수 있었던 것은 오로지 이현 덕분이니까.

"끙챠!"

최상준이 노를 저었다.

꿀렁.

"어라?"

꿀렁꿀렁.

노를 저을 때마다 배가 어딘가 휘청거리면서 전진한다. 다행히 배가 보기보단 튼튼해서 어쨌든 나아가긴 했다.

"왼쪽. 왼쪽으로!"

"앗! 먼바다 쪽으로 가고 있어요!"

섬을 따라서 한 바퀴를 돌아야 되는데 엉뚱한 곳으로 뱃머리가 돌아간다. 파도가 칠 때마다 배가 위아래로 오르락내리락하는데, 그래도 조금씩 나아가고는 있었다.

최상준과 박순조는 40분이 넘도록 번갈아서 노를 저었다. 어느새 그들의 등은 땀으로 흠뻑 젖어 있었다.

"이제 교대할까?"

"예, 형."

박순조가 자리에서 일어나서 이현과 교대했다.

이현은 양손으로 노를 힘껏 잡았다. 그리고 젓기 시작했다.

꾸울렁!

최상준이 했을 때보다도 훨씬 큰 뒤틀림!

배가 슬쩍 앞으로 나갔지만 금방 제자리로 돌아왔다.

섬을 한 바퀴 돌아야 하는데 하필이면 파도도 정면에서 치는 방향이라서 더욱 힘들다.

'쉽지 않군.'

이현은 마음을 편하게 먹었다.

배를 억지로 끌려고 한다면 훨씬 많은 힘이 든다. 체력 조절도 되지 않아서 금방 지친다.

결국 노도 손의 연장선, 도구일 뿐이었다.

'검을 휘두르듯이 흐름에 맞춰서. 거스를 필요가 없다.'

이현은 슬쩍 노를 저으면서 물살을 헤치는 느낌을 찾았다. 파도가 배를 때릴 때의 느낌도 온몸으로 받아들였다.

그런 후부터는 적당한 힘으로 노를 저었다.

스르르르르렁.

있는 힘껏 최선을 다해서 젓는 게 아닌데도 배는 거짓말처럼 앞으로 나아갔다. 배가 크게 뒤틀리지도 않고, 뱃머리가 돌아가지도 않았다.

숙련된 어부와는 비교할 바가 아니지만, 최상준이나 박순조가 고생하던 것과는 차원이 다른 전진이었다.

최상준이 신기한 듯이 물었다.

"형, 전에 요트라도 타 보셨어요?"

물론 이현이 요트를 타 봤을 리는 없다. 배와는 조금도 친하지 않았다.

차라리 새우잡이배를 탄다면 가능성은 있다. 최악의 경우 원양어선도 취직자리로 알아본 적은 있었던 것이다.

"노가다란 요령이거든."

"예?"

이현은 쉽게 대답했지만, 숱한 고생을 하면서 쌓아 온 철학이 그 한마디에 담겨 있었다.

어떤 노가다든 요령을 모르고 하면 몸이 고생이다. 하다못해 삽질도 힘만 좋다고 하는 게 아니다. 요령이 뛰어난 사람이 오랫동안 지치지 않고 할 수 있다.

이현이 노를 저을 때마다 배는 쑥쑥 나아갔다.

푸른 바다와 때 묻지 않은 자연이 있는 섬!

실미도를 한 바퀴 돌면서 절경을 감상할 수 있었다.

그 후에는 다시 점심 식사를 하고, 체육 대회도 벌였다. 학생들은 피곤하고 지쳐 있었지만, 열기는 뜨거웠다.

바다를 보고 맑은 공기를 마시니, 없던 활력도 생겨난다. 자연이 주는 선물이었다.

이현은 여기서도 유감없이 활약을 했다.

축구, 씨름, 외나무다리 권투.

따로 힘을 뺄 필요가 없어서 적당히 했음에도 체력으로 압도해서 발군의 성적을 냈다.

성적이 좋으니 당연히 사람들의 이목을 끌기 마련.

박수민이라는 여학생이 무언가를 깨달은 듯 박수를 쳤다.

"맞아! 나 저 사람 어디서 봤는지 알 것 같아."

이현의 가슴 한구석이 뜨끔했다.

'내가 위드라는 사실이 걸린 건가?'

사실 얼마 전까지만 해도 알아볼 가능성은 희박했다.

마법의 대륙 시절에 그의 얼굴이 노출되었던 적은 없고, 오크 카리취 시절에는 당연히 오크의 형태를 했다. 눈썰미가 아무리 좋더라도 오크를 보면서 이현을 연상하기란 쉽지 않으리라.

그 후에 본 드래곤을 사냥할 때에도 본모습은 아니었다.

근원의 스켈레톤. 살점 하나 없는 해골의 얼굴로 잠깐만 나왔을 뿐이다.

실물이 공개된 적이 없었다.

최근에 KMC미디어에서 '위드' 라는 이름의 방송 프로그램이 시작되었다. 그러나 마법의 대륙의 전신 위드가 나온다는 사실은 공개되지 않았다.

방송사의 판단에 따라서 일부러 정체를 숨겼다.

방송은 뱀파이어 왕국 토둠에 대한 여행기가 주요한 내용이었다.

위드는 불가해에 도전하는, 베르사 대륙의 떠오르는 영웅이다. 신비감을 떨어뜨리지 않기 위하여 의도적으로 위드가 출연한 부분들은 편집을 해서 비중을 축소하거나 제외시켰다.

아직은 조각사 위드 정도로만 영향력을 발휘하고 있는 중!

이제 막 2회의 방송이 나갔다.

시청률이 바닥을 기고 있었지만, 그래도 알아본 사람이 하나쯤 있다고 해도 신기한 일은 아니리라. 조각사 위드라고 해도 완전히 무명은 아니었으니까.

모라타의 영주, 모라타의 백작!

베르사 대륙에서 가장 뛰어난 조각사로서 유명 길드들의 스카우트 제의를 끊임없이 받고 있다.

이현이 알고 있는 것보다 만들어 놓은 조각품들을 통해서 훨씬 유명세를 치르기도 했다.

전신 위드에 비할 바는 아니라도, 로열 로드에서 조각사에 대해 조금이라도 아는 사람 중 조각사 위드를 모르는 이는 없다.

드디어 현실에서 정확하게 이현을 알아본 사람이 나타난 것이다.

박수민은 자신의 손을 들어 이현을 가리켰다.

"저 예전에 본 적이 있어요! 한 2년 전쯤에."

교수와 학생 들의 시선이 모조리 두 사람에게 집중된 것은 두말할 필요도 없는 일!

이현이 고개를 갸웃했다.

"2년 전?"

2년 전이라면 막상 떠오르는 게 없다.

"뭐야, 어디서 봤는데?"

"예전부터 알던 사이였어?"

다들 궁금해하고 있을 때에 박수민이 확신에 찬 음성으로 말했다.

"프린세스 나이트. 맞죠?"

프린세스 나이트.

여동생의 학교 축제를 방문해서 철인 3종 경기에 참가했다.

그중에서도 백미라고 할 수 있는 공주 세트!

그때 보여 준 활약을 인터넷 동영상으로 접했던 박수민이 기억을 떠올린 것이다.

당시에 이현의 활약은 매우 놀라울 정도였다. 장애물들을 단숨에 뛰어서 건너고, 물 풍선을 주먹과 발로 격파했다.

벽을 딛고 도약해서 모든 관문들을 통과.

돈이 걸려 있었으니 몸을 사리지 않은 덕분에 그 동영상이 인터넷에 많이 퍼져 있었다.

"프, 프린세스 나이트?"

"아! 그때 그 축제에서 그 사람."

박수민이 먼저 이야기를 꺼내니 기억을 떠올리는 사람들도 많았다.

이현의 얼굴이 찌푸려졌다. 공주의 기사라는 낯간지러운 별명을 얻게 된 것은 전혀 본인의 뜻이 아니었으니까.

"사람 잘못 보신 모양입니다. 저 그런 사람 아닌데요."

일단은 발뺌!

그러나 박수민은 고개를 끄덕였다.

"역시 프린세스 나이트였구나. 2년 전의 동영상이라서 긴가민가했는데. 그때나 지금이나 얼굴은 그대로이시네요."

"글쎄 아니라니까요."

"그렇게 딱 걸렸다는 표정으로 부인하면 전혀 신뢰가 안 가거든요."

"……."

그것으로 이현의 별명은 프린세스 나이트로 굳어졌다.

"자! 한 잔 받아, 프린세스 나이트!"

"예, 선배."

체육대회가 끝나고 이어진 술자리.

실질적으로 MT에서 마지막 일정이라고 할 수 있었다.

낮부터 이어진 이현의 인기는 상당했다. 교수들을 비롯해서 여기저기 불려 다니고, 학생들도 그를 많이 찾았다.

"자네가 이현이었군. 매번 과제를 한 번도 해 온 적이 없던……. 아무튼 이번 MT에서 잘했어. 자, 여기 한 잔 받아."

"예, 교수님."

이현은 교수들이 주는 술을 한 방울도 빠뜨리지 않고 시원하게 마셨다. 학점을 주는 교수들에게 잘 보일수록 원만한 대학 생활을 할 수 있을 테니까.

철저한 아부 근성!

강한 자에게 약하고, 약한 자에겐 강하다!

옛말이 그른 게 하나도 없었다.

사람은 역시 순리대로 살아야 편한 법이다.

"이현 오빠. 여기 좀 도와주세요."

"무슨 일인데."

"여기 불 좀 피워 주세요."

동기들이 부르는 호칭들도 달라져 있었다. 아저씨, 복학생 등에서 감동스러운 오빠로 변화했다.

다만 이현의 삭막한 감수성은 그 정도로는 꿈쩍도 하지 않았다. 메마른 사막에 침을 뱉은 격이었다.

"라이터 있잖아."

이현은 시큰둥한 표정만 지었다. 그럼에도 학생들은 포기하지 않았다.

"나무를 비벼서 불붙이는 거 보고 싶단 말이에요."

음습하고 멀게만 느껴지던 사람이었는데, 알고 보니 재미있는 면도 있다.

"이쪽으로 와."

"한 잔 받아야지."

이현은 동기들과 친해지고 선배들과도 곧잘 어울렸다. 특히 여자 선배들이 바라보는 눈은 부담스러울 정도였다.

강한 종마를 보는 듯한 눈빛!

힘과 체력을 겸비하였으니 은근히 불려 다닐 수밖에 없다.

"학번이 중요한 건 아니잖아. 그치?"

"어머, 이 다리 근육 좀 봐. 정말 탄탄하네. 호호호."

이현만이 친해진 것은 아니었다.

다른 술자리에서도 신입생들과 선배들이 자신을 소개하며 화기애애하게 담소를 나누고 있었다.

"휴, 말도 마. 노 젓는 거 진짜 힘들었어."

"그래도 선배님 덕분에 MT를 잘 마친 것 같아요."

대화합의 장!

피곤의 극치에 이르렀지만, 고난과 역경을 함께해서 신입생들과 선배들은 서로에 대해서 훨씬 더 잘 알 수 있었다.

장기 자랑이나 지옥 훈련, 함께했던 여러 시간들이 더할 나위 없이 소중한 추억으로 남게 된 것이다.

그렇게 술잔을 나누며 밤이 깊었다.

저녁 11시 무렵에는 지친 이들이 하나 둘 잠에 들었다.

"후아."

이현은 맑은 공기를 마시며 잠에서 깨어났다.

어젯밤 마신 술들로 숙취가 조금은 있었지만, 새벽 일찍 일어나는 일정에는 변함이 없었다.

'이제 다시 돌아가는 일만 남았군.'

조금은 섭섭했지만, 많은 선배와 동기 들을 안 것으로 만족했다.

사실 집으로 돌아가자마자 다시 로열 로드를 해야 한다.

2박 3일 동안 접속하지 못했던 만큼 남들은 더 발전해 있으리라. 어둠에서 암약하고 있는 다크 게이머들은 퀘스트와 아이템을 통해 돈을 벌고, 야심가들은 동료들을 모아 꿈을 펼칠 것이다.

게임이 아닌 치열한 격전지!

이현이 돌아가야 할 세상이었다.

'오늘은 도장에 갈 시간도 아껴야 해. 새벽 운동이라도 해야겠군.'

이현은 임시 집을 나와서 몸을 풀었다. 경직된 근육들을 움직여 주고 나서 해변가를 달릴 작정이었다.

그런데 어제의 그 바위에 서윤이 앉아 있었다.

'언제 일어났던 거지?'

이현은 일단 다가가서 인사했다.

"안녕."

"……."

"일찍 일어났네요?"

"……."

여전히 말은 없다. 이현이 앉으라는 듯이 슬그머니 옆으로 비켜 앉았을 뿐이었다.

이현은 일단 바위에 앉았다.

사실 무시하고 운동을 할 수도 있겠지만, 내심 몇 가지 찔리는 것이 있었으니 조용히 앉기로 한 것이다.

이현은 더 이상 먼저 말을 꺼내지 않았고, 서윤은 아직도 주저하면서 이야기를 하지 못하고 있었다. 나누고 싶은 말이 정말 많았지만, 어디서부터 말을 해야 할지 몰라서 망설이기만 했다.

그렇게 침묵 속에 30분 정도가 지났다.

철썩철썩!

파도치는 소리가 바로 근처에서 들려왔다. 갈매기들이 우는 소리도 들린다.

이현은 혹시 모를 불안감을 그리고 서윤은 점점 비할 나위 없는 편안함을 느끼고 있었다. 바닷바람을 맞으면서, 점점 날이 밝아 오는 것을 지켜보았다.

멀리 지평선 너머에서부터 해가 떠오를 무렵!

갑자기 이현의 어깨에 살며시 닿는 감촉이 있었다. 졸음을 이기지 못한 서윤이 머리를 기댄 것이다.

벌써 이틀째 잠도 제대로 못 자고, 평소 안 하던 술까지 마셔서 피곤했다. 거기에 믿을 만한 친구라고 여기는 이현과 있으니 긴장감이 풀려서 저절로 잠이 들고 만 것이다.

새근새근.

서윤이 내쉬는 숨소리가 이현의 귓가에 들렸다.

이현은 스스로의 심장이 쿵쾅거리면서 뛰는 걸 느낄 만큼 바짝 긴장했다.

여기에는 이현과 서윤 단둘뿐이다. 학생들이 텐트와 백사장 등에서 잠을 자고 있기는 하지만 조금 먼 거리다. 더구나 전날 실컷 술을 마셨으니 지금쯤이면 완벽하게 꿈나라에 빠져 있을 것이다.

다시 말하면 이건 하늘이 주신 기회!

서윤이 무방비 상태로 이현 앞에 놓인 것이나 다름이 없었다.

이현의 눈가에 살기가 어렸다.

'나를 그렇게 부려 먹었지. 그리고 감기에 걸렸을 때 내게 억지로 먹였던 그 살인 죽!'

복수를 할 수 있는 절호의 기회다. 매우 깊이 잠든 것 같으니 바닷물에 풍덩 던져 버릴 수도 있으리라.

무한 뒤끝!

하지만 이현은 곧 잡념을 털어 내어 버렸다. 복수를 할 때는 짜릿하겠지만 그 후환이 두려웠던 것이다.

'바다에 빠지고 나서 어떤 성질을 부릴지 몰라!'

일단 서윤이 깨지 않도록 주의에 주의를 기울였다. 그러고는 그냥 있었다.

'편하게 잠을 자게 해 주자.'

이현은 서윤을 부축해서 살며시 무릎 위에 머리를 올려 주었다. 그리고 그녀의 얼굴을 자세히 관찰했다.

'어딘가 못생긴 구석이 있을 거야.'

치졸한 복수였지만 포기하지 않았다.

이현이 처음 서윤의 얼굴을 보았던 것은 교관의 통나무집에서였다. 그땐 최초로 목격한 살인자라는 사실 때문에 그녀의 미모를 자세히 관찰할 여유가 많지 않았다. 그럼에도 서윤의 얼굴이 내내 각인된 것처럼 남아서 프레야의 여신상 등을 조각했다.

그 당시의 기억으로도 참으로 아름다웠다.

정말 예쁘다는 생각밖에 들지 않을 정도였다.

절망의 평원에서 봤던 두 번째 만남에서는 그 미모가 더욱 빛이 났다.

그다음, 북부에서 함께 모험을 할 때에는 틈틈이 얼굴을 훔쳐보았다.

그런데 매번 볼 때마다 더욱 예쁘다.

서윤이 갈수록 예뻐지기 때문만은 아니었다.

처음부터 그녀는 너무나도 아름다웠다. 얼굴을 자세히 보고 있으면 수많은 아름다움들이 보인다.

눈빛과 콧날, 눈썹, 이마, 턱, 입술.

모든 부분들이 눈을 떼지 못하게 만든다.

그 불가사의라고밖에 표현할 수 없는 미모가 매번 볼 때마다 새로운 매력들을 발하기 때문이었다.

아무리 오랜 시간 동안 그녀의 얼굴을 보더라도 질리지를 않는다. 매번 볼 때마다 더욱 감탄할 수밖에 없는 외모!

이현은 서윤의 얼굴에서 흠을 찾고 싶었다.

이렇게 숨결이 느껴질 정도로 가까이서, 그것도 잠들었을 때 훔쳐볼 수 있는 기회란 흔치 않을 테니까.

'피부. 음, 완벽해. 주름도 안 보이고 모공도 없는 것 같아. 어떻게 사람 피부가 이렇게 우윳빛으로 뽀얄 수가 있는 거지? 얼굴 형태. 훌륭해. 조각품으로 치자면 완벽한 황금비율이야. 눈썹도 길고……. 머리카락은 왜 이렇게 찰랑거리지?'

얼굴에서 결점을 찾으려고 무던히 노력해도 도무지 못생긴 부분이 보이지 않았다.

'그래, 뭐 얼굴은 인정한다. 그래도 다른 곳은…….'

이현은 시선을 아래로 내렸다. 옷을 입고 있기에 대충밖에 볼 수 없었다. 그런데도 흠을 발견할 수가 없다.

키도 늘씬하고, 몸매도 좋다.

종아리와 허벅지, 허리 라인도 매끈하다.

하다못해 샌들을 신고 있는 발가락마저 아름답기 짝이 없다!

이현이라고 여자를 싫어하는 건 아니다.

여자를 사귀면 돈이 드니까 피하려는 것이었을 뿐. 그런데 서윤을 보면서 그 생각이 아주 약간 바뀌었다.

'이런 여자 애라면 김밥집 정도는 같이 가 보는 것도 괜찮겠어. 아니야. 처음부터 김밥집에 데려가면 버릇이 나빠질지도. 그래, 노점에서 오뎅 정도는 사 줄 수 있겠군!'

그래도 엄청난 변화라고 할 수 있다.

이현은 그렇게 해가 완전히 떠오를 때까지 서윤의 무릎베개를 해 주면서 가만히 있었다.

바다에서 보는 일출은 장관이었다.

어제는 새벽안개가 끼어서 일출을 볼 수 없었지만 오늘은 구름 한 점 없이 맑은 날씨라서 잘 볼 수 있었다. 하늘과 바다가 맞닿은 곳에서부터 세상을 송두리째 태워 버릴 것 같은 기세를 가진 태양이 떠오른다.

"아!"

이현의 호연지기가 일으켜졌다.
누구나 일출을 보면 한 가지씩의 다짐을 하는데, 이현도 예외는 아니었다.
'올해에는 더 많은 돈을 벌어야겠구나.'
해가 완전히 뜨고 나니 더는 구경할 게 없다.
이현의 시선이 다시 그의 무릎을 베고 있는 서윤에게로 향했다.
햇빛을 받으면서 왠지 더 예뻐 보인다. 술기운으로 인해서 약간 상기되어 있는 얼굴은 딱 보기 좋을 정도다.
어린 아기처럼 새근거리면서 잠든 그녀의 모습.
이현은 몸을 구부려서 근처의 나뭇조각을 하나 주웠다. 그리고 품에서 작은 칼을 꺼냈다.
사각사각.
평온하게 잠든 서윤을 조각해 주려는 것이었다.
로열 로드에서는 스킬 덕분에 조각술이 쉽고 편했다. 걸작, 명작, 대작은 만만하지 않지만, 심혈을 기울인다면 상당한 예술적 가치를 가진 조각품들을 만들 수 있었으니까.
그러나 현실에서는 스킬도, 자하브의 조각칼도 없다. 아무리 최선을 다해서 노력하더라도 대단한 작품들을 만들 수는 없었다. 많은 경험과 노력으로 인해서 조각을 하는 것이 약간 익숙해졌을 뿐이다.
이현은 잠들어 있는 서윤을 조심해서 조각했다.

The Legendary Moonlight Sculptor

잡템의 그림자

위드는 MT를 마치고 다시 로열 로드에 들어왔다. 하지만 기분은 썩 좋지 못한 상태였다. 그 이유는 전적으로 서윤 때문이었다.

'내가 너무 방심했어.'

위드는 많은 사람들을 접해 보았다.

악질적인 인간.

밑바닥에서도 남에게 빌붙어 기생하는 인간.

자기보다 약한 자에게 강하고, 강한 자에게는 약한 비굴한 인간.

잠깐만 믿음을 주어도 서슴지 않고 이용하고 이용당하는 세상에서는 조심하지 않을 수가 없다.

받아 내지 못한 월급으로 인해서 가족들이 몇 번씩 굶었던 적이 있으면 사람은 불신부터 배우기 마련이다.

처음 일을 해서 받게 된 월급은 겨우 60만 원이었다. 당연히 최저생계비에도 미치지 못하는 금액.

그래도 당시에는 크게 감격했다.

노동의 대가로 처음으로 월급을 받는다. 그 돈으로 할머니와 여동생에게 시장에서 옷이라도 한 벌 사 주려고 계획까지 짜 놓았다.

순수하게 기뻐했다.

하지만 그 적은 월급도 사장은 다 주지 않았다. 식대로 얼마쯤 떼고, 고용 보험이란 명목으로 또 뗀다. 지난달에 공장을 그만둔 동료에게 거둬서 줄 돈이라면서 다시 3만 원을 떼었다.

공장이 어렵다는 이유로 다시 몇 푼 정도 제하면서 받은 돈은 총 45만 원.

무려 15만 원이나 빼고 주었다.

그다음 달에도 비슷한 일은 반복되었다.

미성년자를 불법으로 취직시켜 놓고 고용 보험에 가입했다는 것은 말도 안 되는 소리였지만, 모르니까 믿었다. 나중에 다른 동료들에게는 그렇게 하지 않는다는 것을 알고 배신감에 얼마나 떨었던가!

정말로 화가 났던 건 사장 때문은 아니었다.

막내라면서 귀찮고 힘든 일은 다 떠넘기고, 가족애를 운운하던 동료들에게 화가 났다. 사장에게 부당한 대우를 받는 것을 알고 있었으면서도 묵인하고, 그들끼리 그런 대접을 받는 자신을 놀리기까지 했으니까.

위드는 밑바닥 인생을 잘 아는 편이었다.

도박과 술, 빚으로 찌들어서 아무 희망도 없이 살아가는 인생!

한번 밑바닥까지 추락하고 나면 다시 올라오기란 매우 어렵다.

그렇기에 누구도 쉽게 믿지 않았다.

나름대로 사람에 대해서는 많이 겪어 보았다고 자부하는 이현이었다. 그럼에도 서윤처럼 독특한 인간은 처음이었다.

완성한 조각상은 사실 그리 예쁘지 않았다.

그럭저럭 기념품의 수준은 되었지만, 외모가 어느 정도 비슷할 뿐이지 서윤의 느낌을 살렸다고 하기는 어려웠다. 시간도 부족했고, 도구도 재료도 썩 마음에 들지 않았다.

그래도 성의가 담긴 물건이라서 몰래 그녀의 호주머니 속에 넣어 두었다.

'이걸로 어느 정도 신세를 보답한 것이 되겠지.'

그녀의 조각상을 대놓고 만든 게 조금 찔리기는 했다. 하지만 영원한 비밀은 없는 법이니 언젠가 들통 날 것이라면 차라리 먼저 밝히자는 의미도 있었다.

최소한 현실에서는 두들겨 맞더라도 죽는 일은 없을 테니까!

다크 게이머로서 로열 로드에서 죽음을 겪는 것은 금전적인 손실과 직결되는 문제였으니 차라리 마음이 편했다.

그런데 잠에서 깨어난 서윤은 화를 내지 않았다.

세수를 하고, 식사 준비를 할 때까지도 잠잠했다. 이현을 보면서 가끔 얼굴을 붉힐 뿐!

'술기운이었을까? 아냐. 화를 내는 거였는지도 몰라.'

이현은 무수한 추측을 했지만, 실은 서윤으로서는 단순한 원인 때문이었다.

'내 잠든 모습을 보여 주었어.'

서윤도 여자였다.

그렇게 잠든 모습을 보여 준 게 창피했다. 그리고 무릎까지 베고 오랫동안 푹 자질 않았던가.

'내 머리가 무겁지 않았을까?'

별별 상상을 다 했다. 심지어는 코를 골진 않았을까 하는 우려까지 있었다. 그래서 이현을 볼 때마다 쑥스러워서 얼굴을 붉혔을 뿐이었다.

그런데 사건은 MT를 다 끝내고 돌아올 때 터졌다.

이현이 데리고 왔던 닭. 양념반프라이드반!

다른 음식들이 많이 남아서 무사히 육지로 귀환을 할 수 있었다.

MT라서 다들 많이 먹을 줄 알았지만 그러지 않았던 것이다.

이현이 워낙에 도장의 수련생들이 먹는 것을 자주 봐 왔기에 어느 정도는 그들을 기준으로 판단을 했다. 그런데 보통 학생들의 식성은 그렇게 좋지 못했고, 제법 고된 훈련으로 배는 고파도 입맛은 떨어진 탓이었다.

그래서 상당량의 음식 재료들이 남았다.

남은 음식 재료들을 나누어서 분배할 때였다. 문득 민소라가 궁금하다는 듯이 물었다.

"닭은 어떻게 하실 거예요?"

"집에서 잡아먹어야지. 네가 데려갈래?"

이현은 태연하게 대답했다. 너무나도 당연한 질문이었으니까.

양념반프라이드반을 넘겨주고, 차라리 다른 고기나 음식 재료를 얻는 편이 더 이득이 될 수도 있다. 하지만 사실 민소라가 양념반프라이드반을 집으로 들고 가기는 어렵다.

이현은 한마디를 덧붙였다.

"원하면 지금 목을 비틀어 줄 수도 있는데……."

나름 호의를 베푼 것이었다.

그런데 서윤이 갑자기 엄청난 충격을 받은 표정을 지었다. 막 눈물이 뚝뚝 떨어질 것 같은 얼굴로 양념반프라이드반을 잡아 끌어안더니 절대 내놓지 않았다.

이현은 이때까지도 사태의 심각성을 몰랐다.

"이리 주세요."

"……."

"음식 가지고 장난치는 거 아닙니다."

"……."

그런데도 완강히 양념반프라이드반을 내놓지 않는 것이었다.

이현은 혹시나 서윤이 양념반프라이드반을 먹고 싶은 건가 했다.

"정 그렇다면 데려가요. 대신에 다른 음식 재료들은 못 가져가는 거 알죠? 잠깐만 넘겨줘 보세요. 목 비틀어 줄 테니까."

이현이 무심코 팔을 뻗었다. 그런데 서윤의 눈에서 갑자기 눈물이 흘러내렸다.

"……."

순식간에 이현에게 몰리는 비난과 원망의 눈초리들!

서윤으로서는 양념반프라이드반이 너무나 귀여웠다. MT에서 틈틈이 쌀알도 먹여 주면서 친근하게 지냈는데 어떻게 먹을 수가 있겠는가. 그래서 보호해 주려고 잡은 것이었다.

"뭐야?"

"저기 왜 울고 있지?"

"누가 울린 거야!"

"저 닭 때문에 그러는 모양인데……."

"닭을 강제로 빼앗아 가려고 하다가 서윤 선배를 울린 거야?"

"어떻게 저럴 수가……."

미녀의 눈물이 보여 주는 위력은 이루 말할 수 없을 정도로 컸다. MT에서 쌓아 온 그동안의 이미지가 단 한순간에 무너졌다.

변명의 여지도 없이 인면수심의 대악당 정도로 몰리고 만 것이다.

'당했다!'

이현은 가슴을 치고 싶었다.

왜 마지막에 서윤을 경계하지 않았던가.

그녀의 존재란 매번 숨어 있는 화근이었는데. 잠깐 마음을 풀어 놓은 게 실수였다.

이것으로 인해서 서윤이 얻는 것은 클 것이다. 생명을 사랑하는 착한 여자라는 생각을 사람들에게 각인시킬 수 있으리라.

반면에 이현은 잔인한 미개인을 보는 듯한 시선을 받고 있었다.

이현은 당연히 억울했다.

'MT에서 고기를 그렇게 열심히 뜯던 주제에 이제 와서 동물 보호라니.'

이 순간에도 이현은 날카롭게 서윤을 관찰했다. 그녀는 소리 없이 울면서도 양념반프라이드반을 애틋하게 바라보고 있었다.

'역시 먹고 싶은 거야.'

이현은 호의에서 목을 비틀어 주겠다고 했지만 그마저도 필요 없는 듯했다.

'손맛을 느끼고 싶은 거지. 집에 가서 자기가 직접 목을 비틀려는 게 틀림없어.'

일이 이렇게 커졌지만 이현도 더 이상은 물러서고 싶지 않았다. 최소한 서윤을 상대로 해서 한 번이라도 이겨 보고 싶었다.

"잠깐만. 뭔가 오해가 있는 모양인데, 그냥 농담을 했던 거고……. 제가 저 닭을 잡아먹을 리가 없잖습니까?"

이현도 우선 도덕적인 태도를 취하기로 했다. 대중을 속이고 목적을 취하기 위함이었다.

"양념반프라이드반을 이리 돌려주세요. 제가 지금까지 애지중지 키워 왔던 녀석입니다. 그리고 사실 집에 그 녀석 일가족들도 살고 있습니다. 그 녀석이 돌아오지 않으면 어미닭이 매우 슬퍼할 겁니다."

명분과 정당성!

짧은 순간이었지만 서윤이 항변할 수 없는 논리를 갖추었다. 서윤이 설혹 입을 열어 뭐라고 의사를 표현하더라도 웬만해서는 이현이 질 수가 없는 상황.

"이리 주세요."

이현은 자신 있게 다시 양념반프라이드반을 향해 손을 뻗었다.

그때였다.

꼬꼬댁!

양념반프라이드반의 강력한 쪼아 대기!

키우던 닭마저 이현에게 돌아가는 것을 거부한 것이다.

위드는 다시 검치 들 그리고 동료들과 같이 토둠의 성들을 공략했다.

남아 있는 성은 32개!

"이제부터 공략해야 할 성들에는 유니콘과 페가수스 들의 숫자가 많습니다. 최소 40마리 이상이니 절대 긴장을 풀어서는 안 됩니다."

조금쯤은 토둠의 전투에 대해 익숙해져 있던 무리였기에 위드의 말에도 불구하고 긴장이 풀어졌다. 하지만 실제로 부덮쳐 본 결과 그 어려움을 절감할 수 있었다.

"포위망이 뚫리려고 한다!"

"막아!"

초반부터 상처투성이의 검치 들이 목숨을 건 사투를 벌여야 했다. 경험도 있고, 무기와 방어구도 새로 갖췄음에도 불구하고 적이 많아지니 손발이 바빠졌다.

위드는 전투를 하면서도 주위에서 눈을 떼지 못했다.

"페일 님, 메이런 님! 마법을 사용하려고 하는 페가수스부터! 로뮤나 님은 정령을 소환하려고 하는 유니콘들을 요격해 주세요!"

"넵!"

마법이 사용되기라도 하면 엄청나게 어려워진다. 그러므로 무슨 수를 써서라도 유니콘과 페가수스의 마법 사용을 방해했다.

애초에 거리가 있었다면 거의 싸워 보지도 못하고 필패였다. 40여 마리나 되는 신수들이 정령을 소환하고 공격 마법을 쓴다면 괴멸적인 피해를 입을 수밖에 없는 것.

하지만 다행히도 대체로 질주를 좋아해서 몸으로 부딪치려고 들었다.

"어림없다!"

검치는 오랜만에 흥취를 느꼈다.

로열 로드라고 해도 그에게 등줄기가 서늘할 정도로 긴장이 되지는 않는다.

현실에서 수백 번이 넘는 실전을 겪었고, 그때마다 목숨을 걸어야 했다. 삶과 죽음을 고민하고 두려움을 극복하면서 강해졌다. 무모하리만큼 저돌적이었을 때도 있고, 바라보기도 힘들었던 위치의 강자에게 도전했던 적도 있다.

그렇게 숱한 싸움을 벌이면서 살았는데도 지금은 왠지 신이 난다.

검치는 격전의 와중에도 잠깐 주위를 돌아보았다.

유니콘과 페가수스 들이 날뛰고 있고, 이를 저지하기 위해 수련생들이 안간힘을 다한다.

힘들과 힘들의 부딪침.

일대일의 전투가 아니라 동료들과 같이 이기기 위해 검을 휘두른다.

저마다 사력을 다해서 싸우고 있었다.

마치 진짜 전쟁처럼 긴박감이 느껴진다. 포위망은 금세 무너질 듯 위태롭기 짝이 없으며 날뛰는 신수들 앞에 간신히 버티고 있었다.

"어디 해보자!"

"오늘 저녁은 유니콘 고기다!"

검둘치와 검삼치도 호기롭게 소리를 질렀다.

검치와 사범들이 신바람을 내면서 싸우면서, 수련생들도 투지를 빛냈다. 조금도 물러서지 않고 포위망을 구축한 채로 싸운다.

"우리의 검은 무적이다!"

"우리의 검은 무적이다!"

검치 들이 호기롭게 구호를 외쳤다. 하지만 전황은 호락호락하지 않았다.

화령이 애를 써서 7마리나 되는 신수를 재웠다. 그럼에도 34마리나 남았고, 이들을 막느라 버거운 상황이었다.

겨우 신수 2마리를 줄였는데 검치 들은 벌써 5명이나 죽었다.

썩은 드래곤 본으로 만든 갑옷을 입은 이들이 중점적으로 방어를 도맡아 하고 있었고, 또 그들이 큰 상처를 입으면 몸을 사리지 않고 사형제들이 뛰어든다.

환상적이라고밖에 말할 수 없는 조직력 때문에 간신히 버티고 있었다.

유니콘과 페가수스의 피해도 누적은 되고 있지만 점점 위태로운 순간이 늘어났다.

위드가 소리쳤다.

"토리도!"

토리도는 검은 망토를 휘날리면서 위풍당당하게 페가수스를 상대하고 있다가 대답했다.

"왜 부르는가."

"지금부터 작전을 변경한다. 1마리씩 공격하지 말고, 최대한 많은 적들의 주의를 끌어라."

한마디로 적들의 공격을 감당하란 소리!

위드는 데스 나이트에게도 비슷한 지시를 내렸다.

"반 호크! 너도 공격보다는 방어로 나서라."

"주인의 명령대로!"

데스 나이트는 충성을 보여 주었다.

하지만 토리도는 순순히 따르지 않았다. 유니콘 등을 잡으면서 스스로도 성장을 하고 있었다. 그런데 구태여 적들의 공격을 혼자 감당하고 싶지는 않은 것이다.

"미안하지만 그 말은 못 들어주겠다."

토리도는 간단히 거절했다.

위드와는 부하 관계도 끝났다. 때린다고 해서 그대로 맞을 이유가 없다. 더군다나 지금은 한창 전투를 하느라 바쁜 와중이 아니던가!

위드는 외쳤다.

"마판 님을 주겠다!"

토리도는 영문을 알 수 없다는 듯이 눈을 깜박였다.

"왜?"

"실컷 마셔도 된다!"

"그런 조건이라면 좋다!"

계약 성립!

멀쩡히 있던 마판을 선뜻 팔아먹었다.

"위드 님."

마판이 울상을 지었지만, 위드는 냉정했다.

"싸워서 획득할 잡템들을 생각하세요."

"잡템들! 꿀꺽!"

마판은 군침부터 삼켰다.

잡템이라고 해도 다 같은 잡템이 아니다.

늑대나 여우가 내놓는 잡템들은 기껏해야 발톱이나 송곳니 정도다. 하지만 유니콘과 페가수스가 떨어뜨리는 잡템들은 차원이 달랐다.

개당 10골드 이상을 받을 수 있는 잡템들!

마판은 소리쳤다.

"제게 꼭 맡겨 주세요!"

빵, 떡, 음료수.

영화 표나 콘서트 티켓, 인형, 게임 시디 등을 사고 싶을 때에는 헌혈을 했다. 그렇게 어릴 때부터 피를 팔아서 충당했던 과거가 있었으니 거리낄 게 없었다.

토리도는 마판을 옆구리에 끼고 유니콘과 페가수스의 공격을 맞아 주었다.

생명력이 하락할 때마다 마판의 목덜미에 송곳니를 꽂고 피를 보충!

"블레이드 토네이도!"

토리도는 스킬까지 거침없이 사용했다.

지금까지 마땅히 하는 일 없이 멍하니 전투만 구경하던 마판은 긴박한 순간을 수도 없이 넘겨야 했다.

토리도가 적의 공격을 끌어 준 덕분에 수련생들은 한숨을 돌릴 수 있었다. 그때부터 위드는 1마리씩 다시금 공격을 해서 쓰러뜨렸다.

공격이 집중되지 않은 덕분에 종전보다 거의 2배 가까운 시간이 걸리고 난 후에야 승리를 거두었다.

토둠의 16개 성에 있는 신수들을 퇴치하였습니다.
남아 있는 성 : 31개.
명성이 60 오릅니다.
전투 경험치를 추가로 60% 받습니다.

그렇게 한숨을 돌린 것도 잠시뿐!

어마어마하게 힘들게 승리를 거두었지만, 아직도 30개가 넘는 성들이 남아 있다.

검삼치가 어린아이처럼 방긋 웃었다.

"이런 게 난이도 A급의 퀘스트구나."

검둘치도 흐뭇하게 웃고 있었다.

"역시 재밌어. 등줄기가 오싹한 게 정말 짜릿하다!"

검치는 아예 다음 성으로 갈 준비까지 끝내 놓았다.

"어서 가자꾸나. 이렇게 재밌는 전투가 서른 번 정도밖에 안 남았다니 아쉬운걸."

전투를 즐기는 그들에게는 흥분되는 일이 아닐 수 없는 것이다.

페일과 다른 동료들도 정신적으로 힘을 냈다.

전투는 어려워도 보상이 크다. 싸울 때에는 다른 생각을 할 틈도 없이 전투에만 집중할 수도 있었다.

그 후부터는 신수들이 늘 40마리 이상이었다. 매번 싸울 때마다 긴장을 풀지 않으면서 혼신을 다한다.

열아홉 번째 성에 있는 신수들을 퇴치했을 때에는 검치와 사범들, 수련생들의 레벨이 모두 293을 넘었다. 믿기지 않는 성장 속도였다.

유니콘과 페가수스가 주는 기본 경험치가 막대하고, 추가적인 전투 경험치까지 받았기에 빠른 성장을 한 것이다.

검구치가 자신의 레벨을 확인해 보고 나서 말했다.

"레벨 올리기가 참 쉽구나."

검십일치도 동감이었다.

"그러게요. 우리끼리 사냥할 때는 그럭저럭 레벨을 올리는 속도가 느렸는데 역시 위드와 하니까 정말 쉬운데요."

그 말을 들은 페일은 현기증이 일어났다.

이 말을 보통 사람들이 들었다면 펄쩍 뛰었으리라.

"레벨을 올리기가 쉬울 리가 없잖아!"

레벨이 200을 넘어선 이후부터는 갈수록 정체 현상이 빚어진다. 필요로 하는 경험치의 양도 많아지고, 약한 몬스터들을 사냥해서는 경험치를 적게 얻는다.

직접 몸을 움직여야 하는 로열 로드의 특성상 하루에 사냥을 하는 시간은 많아야 3시간에서 4시간! 그보다 부지런히 사냥을 하더라도 일주일에 1개씩의 레벨을 올리는 것도 만만치 않았다.

하지만 검치 들은 몸을 움직이는 데 있어서 정신적으로 지칠 줄을 모른다. 하루 18시간씩도 사냥을 하며 쾌감을 얻을 수 있는 무리.

여기에 위드가 비정상적으로 빠른 것이다.

그가 이끄는 파티에 속하기만 하면, 완전히 전투에 몰입할 수밖에 없게 만든다.

터무니없을 정도의 사냥 속도!

밥 먹고 사냥만 하면서 인간의 한계에 도전한다.

위드의 레벨도 어느새 347이나 되었다.

그렇다고 해서 대책 없이 레벨만 늘어나는 것도 아니었다.

검술, 궁술, 마법, 그 외 각종 전투 계열 스킬들! 공격 스킬들의 발전도 뒷받침되었다.

스킬 레벨이 중급을 넘어서 고급으로 갈수록 일반적인 방법으로는 숙련도를 많이 얻기 어려웠지만, 여기에 와서 강한 적과 계속 싸운 덕분이었다.

자신보다 고레벨 몬스터에 대해 정확하게 공격들을 적중시키면 평상시보다 많은 숙련도를 얻을 수 있다. 이것을 이용하여 스킬 레벨의 발전도 상당히 빨리 이루어졌다.

그런데 메이런이 갑자기 생각난 듯이 물었다.

"참, 위드 님."

"예?"

"지금은 왜 조각술을 쓰지 않으세요?"

재봉, 대장일, 붕대 감기, 약초, 요리, 전투 능력까지!

위드가 가진 능력을 총동원하면서도 조각술만은 쓰지 않는다. 그 이유가 매우 궁금했다.

사실 위드에게는 그럴 만한 사정이 있었다.

나무를 깎는 간단한 조각품들은 지금도 숙련도를 위하여 쉬는 시간에는 틈틈이 만들고 있다. 하지만 본격적으로 무언가를 만들려고 하지는 않았다.

'대형 조각품. 여기에는 그렇게 큰 조각품을 만들 공간이 없어.'

수십 미터 이상의 조각품을 만들려면 아무리 위드라고 해도 몇 주는 꼼짝하지 않고 붙어 있어야 된다.

조달해야 하는 재료도 문제였다. 어떤 거대 조각품을 만들려고 하면 그만한 크기의 재료들이 필요한데 여기에서는 마땅한 재료를 찾기 어렵다.

그런데 토둠에는 이미 완성되어 있는 예술적인 조각품들이 상당히 많았다. 명작이나 대작까지는 아니어도 괜찮은 조각품이나 그림 들을 쉽게 발견할 수 있었으니 구태여 조각을 해야 할 필요성을 느끼지 못했다.

위드는 이것을 간단히 설명했다.

"아직 무엇을 만들어야 할지 예술적 영감이 떠오르지 않았기 때문입니다. 그리고 토둠의 뱀파이어 성들에서도 그림이나 조각품 들을 많이 발견할 수 있으니까요."

"아, 그러셨구나."

메이런은 금세 수긍하면서 물러섰다. 그런데 화령이 무언가를 골똘히 생각하다가 물었다.

"조각을 꼭 바위나 나무처럼 어떤 사물에 해야 되는 거예요?"

"네?"

"아니요. 굳이 표현하는 거라면 어떤 방식이든 상관없지 않을까 해서요."

뱀파이어 성에서 발견한 조각품들은 대부분 벽이나 천장에 조각되어 있었다. 몇 개는 평범하게 동상처럼 세워진 것도 있었지만 그다지 시선을 끌지는 못했다.

화령은 의문을 가졌다.

'왜 뭔가를 파서만 조각을 해야 하는 거야?'

위드가 모라타에 만들었던 빛의 탑을 떠올렸다.

탑 자체의 조형미보다는 빛의 어우러짐이 굉장한 아름다움을 보여 준다. 빛을 다스리는 조각사라는 별명도 그래서 얻었던 것 아닌가!

놀라운 창조와 표현력!

조각사에게는 그만한 칭찬이 없다.

실상 위드는 스스로에게 그런 별명이 붙었는지도 모르고 있었다. 여우 조각품을 처음 사기 쳐서 3실버에 팔았던 것은 기억해도 돈 안 되는 소문에는 관심도 없었다.

화령은 위드를 과대평가하고 있었다. 빛의 탑쯤은 언제든지 만들 수 있는 풍부한 감수성을 지닌 예술인으로 보았다.

"빛의 탑처럼 빛을 이용해서 조각품을 만들면 어떨까요?"

위드는 심각하게 고민했다.

'하긴 요즘 들어 조각술에 소홀하긴 했지.'

토둠 자체가 매우 좋은 사냥터였다. 사냥에만 집착하다 보니 조각술을 까맣게 잊고 지냈다.

'빛을 이용한 조각품이라.'

달빛 조각술을 발휘하면 될 것 같았다. 조금은 서투른 편이었지만, 달빛 조각술이 그를 실망시켰던 적은 없다.

위드는 무엇을 만들어야 할지 곰곰이 생각했다. 그럼에도 아직 구체적으로 떠오르는 게 없었기 때문이다.

"으음."

"무슨 조각품이 좋을까."

"뭘 만들어야 잘 만들었다고 소문이 날까."

"빛으로 어떤 형상을 만드는 데에는 한계가 있을 텐데."

일행과 검치, 사범들, 수련생들까지도 함께 생각했다.

성을 토벌하고 중간에 잠깐 쉬는 시간 동안 앉아서 다 함께 고민을 해 주고 있었다.

'이게 창작가의 고통이구나.'

'예술은 언제나 고뇌 없이 만들어지진 않는 것 같아.'

어떤 조각품을 만들어야 할지 막연하게라도 떠오르지 않았다.

한참의 고민 후에 수르카가 불쑥 말했다.

"저, 이런 건 어떨까요? 빛이 아니라 반대로 그림자를 보여 주는 거예요."

무슨 이야기를 하는지 알 수 없다는 표정으로 로뮤나가 수르카를 보았다.

"그림자라니?"

"사물의 그림자요. 그 그림자를 이용해서 작품을 만드는 거예요."

"그림자로 작품을 만든다는 게 무슨 말이야?"

"물체가 있으면 그림자가 있잖아요. 그 그림자로 어떤 형태를 만들어 보자는 거죠."

"생각은 나쁘지 않은 것 같은데 그림자가 과연 그렇게 볼 만한 게 나올까?"

로뮤나는 반신반의했다. 물체의 그림자로 무엇을 표현하는 게 별로 멋있을 것 같지 않았다.

하지만 위드는 매우 좋은 생각이라고 여겼다.

보통 상식을 가진 조각사라면 쉽게 도전할 수 없는 시도였지만, 장점부터 발견했다.

'빛이 아닌 그림자로 표현하는 거야. 그러면 아무리 큰 것이라도 만들 수 있겠어.'

대형!

위드가 좋아하는 초대형!

재료도 따로 구할 필요 없다.

그림자를 만들 재료들은 얼마든지 있으니까!

위드는 순식간에 결정을 내렸다.

"잡템. 잡템으로 조각품을 만들겠습니다."

비싼 조각 재료가 아니라 지금까지 사냥으로 얻었던 잡템들을 이용해서 조각품을 만들겠다는 야심찬 계획!

"좋다."

"어디 해 봐라."

위드를 믿고 있었던 만큼 검치와 사범들이 주웠던 잡템들을 선뜻 내놓았다. 수련생들과 일행, 마판이 들고 있던 잡템들도 모두 한곳에 모였다.

뱀파이어의 땅에 오면서부터 모았던 잡템들이 한곳에 모이니 어마어마한 분량!

잡템에 불과하였지만 실상 그 가격을 놓고 본다면 수십만 골드에 이르는 금액이다.

"이 정도면 재료는 충분하겠군요."

위드는 토둠의 근처에 있는 언덕을 조각품을 만들 장소로 정하고 잡템을 5미터 정도 위로 쌓아 올렸다.

띠링!

잡다한 아이템 탑을 완성하셨습니다.

위대한 명성에 걸맞지 않게 무엇을 만들려고 하는지 알 수 없는 작품. 대단한 손재주로 쌓았지만, 이 탑을 만든 조각사의 의도는 누구도 이해하기 어려운 기행으로 여겨질 것이다.

예술적 가치 : 뛰어난 조각사 위드의 작품. 15.

특수 옵션 : 잡다한 아이템 탑을 본 이들은 하루 동안 행운이 20 증가한다.

평범하기 짝이 없는 작품이었다.

현재 위드의 조각술 스킬이라면 작은 동물을 깎아도 이보다는 예술적 가치가 있다. 그런데 그보다도 못한 작품이 만들어진 것.

"아직 다 만든 게 아니야."

위드는 탑을 쌓는 것을 거기서 그치지 않았다. 아직 모여 있는 잡템의 양 중에 십분의 일도 쓰지 않았다.

"지금부터 시작이지."

위드는 잡템을 쌓아서 계속 탑의 규모와 높이를 키워 나갔다.

띠링!

걸작! 놀라운 물품 탑을 완성하셨습니다!

위대한 명성에 걸맞지 않게 무엇을 만들려고 하는지 알 수 없는 작품. 대단한 손재주를 이용해서 20미터가 넘는 물품들의 탑을 쌓았다. 발상은 신선해도 이 쌓여 있는 물품들 속에서 예술적인 가치를 발견하기란 어려울 것이다.

예술적 가치 : 뛰어난 조각사 위드의 작품.
360.

특수 옵션 : 놀라운 아이템 탑을 본 이들은 하루 동안 행운이 50 증가한다.

지금까지 완성한 걸작의 숫자 : 25

-조각술 스킬의 숙련도가 향상되었습니다.

-명성이 3 올랐습니다.

위드는 아직도 탑을 쌓는 것을 멈추지 않았다. 애초에 구상했던 크기보다는 아직 작았기 때문이다.

'기초공사가 부실하면 나중에 무너지기 마련이야.'

밑바닥부터 튼튼하게 다져 놓고 끊임없이 위로 계속 올려 나간다.

어떤 잡템을 놓을 때에는 매우 조심스럽고 신중하게 했다. 일부러 빈 공간을 만들어 두기도 했다.

'3개의 달. 가장 밝은 빛을 내뿜을 때……. 달의 변화와 경로까지 예측을 해야 한다.'

시작은 쉽게 했더라도 어떤 일을 하든 만만하지는 않다.

그렇게 이틀에 걸쳐서 탑을 쌓았다.

잡템의 탑은 주변을 압도할 만한 크기로 형성되었다.

자그마치 50미터가 넘는 잡템의 탑!

모아 두었던 그 많은 잡템들을 몽땅 사용해서 산더미처럼 쌓아 놓은 것이다.

"재료가 더 필요합니다. 다시 사냥을 하죠."

토둠의 성에서 유니콘과 페가수스 들을 사냥하는 일이 재개되었다.

그렇게 사냥을 할 때마다 잡템들이 더욱 모여 탑이 점점 거대하게 올라갔다.

깃털, 깨진 유리 조각, 금속 파편, 칡뿌리처럼 형태가 다른 잡템들을 일정한 조형미를 갖춘 상태에서 쌓기도 생각보단 어려운 일이었다.

그렇게 탑이 55미터를 넘었을 때였다.

띠링!

명작! 불가사의한 물품들의 탑을 완성하셨습니다!

최소 삼백 가지가 넘는 물품들을 이용하여 쌓은 탑!

의미는 알 수 없지만, 베르사 대륙의 어떤 곳에도 이처럼 특이한 탑은 존재하지 않는다. 이 거대한 작품은 예술성을 발견하기는 어렵지만 독특한 기념물은 될 수 있을 것이다.

용병들과 어린아이들까지는 알지 못하는 조각사 위드의 작품.

예술적 가치 : 뛰어난 조각사 위드의 작품.
490.

특수 옵션 : 불가사의한 물품의 탑을 본 이들은 생명력과 마나 회복 속도가 하루 동안 10% 증가한다.
불가사의한 물품의 탑을 본 이들은 사냥 시 아이템을 획득할 확률이 하루 동안 15% 증가한다.
행운 150 상승.
인내 60 상승.

지금까지 완성한 명작의 숫자 : 10

－조각술 스킬의 숙련도가 향상되었습니다.

－명성이 106 올랐습니다.

－지구력이 1 상승하셨습니다.

－카리스마가 2 상승하셨습니다.

－토둠의 불가사의에 물품들의 탑이 포함됩니다.

-물품들의 탑의 소유권은 위드에게 있습니다. 금전적인 가치가 대단한 물품의 탑을 해체하면 획득했던 명성이 절반으로 감소합니다.
또한 토둠의 예술을 사랑하는 주민들의 반발을 사서 친밀도가 감소할 수 있습니다.

-명작 조각품을 만든 대가로 전 스탯이 1씩 추가로 상승합니다.

드디어 명작!

아이템 습득 확률이 늘어나는 것은 단지 몇 퍼센트에 불과하더라도 엄청난 옵션이었다. 이때부터는 사냥을 하는 데에도 탑이 절실하게 필요해졌다.

위드는 잡템을 구할 때마다 계속 위로 쌓았다.

그렇게 꾸준히 노력한 결과 탑의 높이가 60미터를 넘게 되었다. 목적했던 크기에 도달한 것이다.

"후후후."

위드는 탑의 꼭대기에 앉아서 미소를 지었다.

드디어 오늘이었다.

'고생을 한 보람이 있군.'

잡템을 쌓는 건 조각을 하는 것보다는 훨씬 쉬웠다. 조각칼은 잠깐만 잘못 놀려도 작품에 돌이킬 수 없는 상처가 새겨지니까.

그래도 정해진 날짜까지 탑을 완성하기 위해서 시급을 다투어 일을 해야 했다.

"그래도 무사히 완성했어."

위드는 완성품을 보기 위하여 가만히 앉아서 시간을 기다렸다.

발룬, 고룬, 세이룬.

3개의 달이 운무를 뚫고 하늘의 중앙부로 다가가고 있다.

달빛이 환하게 비친다.

토둠의 달빛은 유별나게 밝아서 주변을 대낮처럼 선명하게 인식할 수 있다.

달빛을 받은 잡템의 탑에 빛무리가 어렸다. 금과 은, 보석들과 검, 갑옷 들이 영롱하게 반짝이고 있는 것이다.

토둠의 성들에서 쓸어 온 예술품까지 몽땅 잡템의 탑에 올려놓았으니 달빛을 받아 보여 주는 아름다움이 상상 이상이었다.

위드는 숨이 가빠 왔다.

"허억. 이렇게 아름다울 수가!"

지금까지 조각했던 그 어떤 조각품보다도 황홀했다.

그 어느 누가! 이렇게 현금이나 다름없는 잡템을 탑처럼 쌓아 놓고 앉아 있을 수 있을 것인가.

다크 게이머의 꿈!

위드에게는 전율이 일었다.

'이게 다 돈이다. 돈에 앉아 있는 거야.'

산더미처럼 쌓인 잡템에서 수영을 하고, 넘쳐 나는 잡템들을 깔고 앉아서 낮잠을 자는 것이야말로 위드에게는 소름이 돋을 정도로 행복한 상상이었다.

'역시 이 맛에 돈을 버는 거야.'

그러면서 점차 탑의 그림자가 토둠을 향해 늘어진다.

변화하는 탑의 그림자.

3개의 달의 위치에 따라서 그림자의 형태가 달라지고 있었다.

탑의 그림자가 점점 뚜렷하게 특정한 형상을 갖춰 나갔다.

띠링!

대작! 최초 시도된 영광의 작품! 불가사의한 그림자 탑을 완성하셨습니다!

최소 삼백 가지가 넘는 물품들을 이용하여 쌓은 신비로운 탑!

평소에는 그 의미를 이해할 수 없지만 일정한 시간이 되면 그림자를 통하여 표현된다.

명성이 자자한 조각사의 색다른 시도!

손재주 외에 뛰어난 기술이 적용된 것은 아니다. 그럼에도 이 작품은 조각사의 이름을 대륙에 널리 알리게 되리라.

예술적 가치 : 뛰어난 조각사 위드의 작품.

3,640.

특수 옵션 : 불가사의한 그림자 탑을 본 이들은 생명력과 마나 회복 속도가 하루 동안 25% 증가한다.
불가사의한 그림자 탑을 본 이들은 사냥 시 아이템을 획득할 확률이 하루 동안 19% 증가한다.
행운 180 상승.
인내 60 상승.
치명적인 공격의 성공 확률이 30% 늘어남.
이 조각품을 완성한 사람에게 호칭이 부여됨.
다른 조각품과 중복 적용되지 않음.
지금까지 완성한 대작의 숫자 : 5

―고급 조각술 스킬의 레벨이 4로 상승했습니다. 조각술이 경이적으로 세밀해집니다. 보석에 활용할 수 있는 미세 세공 능력이 탁월해집니다.

―손재주 스킬의 숙련도가 향상되었습니다.

―조각품에 대한 이해 스킬 레벨이 중급이 되었습니다.
조각술 스킬의 효과가 20% 늘어납니다.
비행 생명체로 변신할 수 있습니다.
조각 변신술을 사용했을 때에 특성을 한 가지 부여할 수 있게 됩니다.

―명성이 1,265 올랐습니다.

―예술 스탯이 19 상승하셨습니다.

―지구력이 3 상승하셨습니다.

-인내가 9 상승하셨습니다.

-카리스마가 5 상승하셨습니다.

훌륭한 조각 장인의 호칭을 얻었습니다.
조각사 길드를 건립할 수 있고, 이를 기반으로 문화와 예술 계통에 영향력을 행사할 수 있습니다.
매력이 100 증가합니다.
제한 : 고급 조각술 3레벨 이상.
큰 명성을 얻을 수 있는 조각품을 만들었을 때 획득.

물체가 아닌 그림자로 표현한 조각술!

처음 시도하는 방식이었기 때문에 보상도 엄청난 수준이었다.

"역시 후회 없는 작품이야. 만들길 잘했어!"

위드도 후련함을 느꼈다.

작품에는 예술가의 감성이 고스란히 드러나는 법!

조각사의 풍부한 감성이 담겨 있지 않았다면 이 정도의 보람을 느끼기 어려웠으리라.

탑의 그림자는 누구나 쉽게 알아볼 수 있을 정도로 뚜렷했다.

그림자가 보여 주는 것은 하나의 장면이었다.

한 남자.

그 남자가 닭의 모가지를 비틀고 있다.

아직도 지우지 못한 뒤끝!

양념반프라이드반을 잡아먹지 못한 안타까움이 탑의 그림자를 통하여 그대로 드러난 것이다.

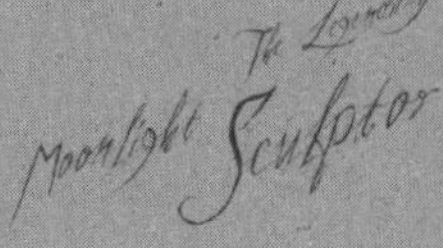

하늘과 땅에서 건 승부

잡템의 탑이 만들어 낸 그림자 조각술로 인하여 전투는 더욱 활기를 띠었다.

하지만 유니콘과 페가수스의 저항으로 인해서 죽는 수련생들이 여전히 2~3명씩은 나왔다. 장비들이 좋아지고, 레벨도 오르지만 그만큼 적들의 숫자도 많아졌기 때문이다.

막 33개째의 성을 토벌하고 있을 때였다.

수르카가 그만 유니콘의 발길질에 사망하고 말았다.

전투가 끝나고 나니 수련생들의 숫자도 이제는 212명밖에 남지 않은 상황.

검치가 스스로를 질책했다.

"내가 있는 곳에서 여린 소녀가 죽다니."

위드는 금세 머리를 조아렸다.

"아닙니다. 저의 책임입니다. 제가 미처 동료를 돌보지 못하였습니다."

"아니다. 내가 모범을 보이지 못하였구나."

"그보다도 스승님, 이제는 더 이상 우리끼리만 해 먹을 수 없을 것 같습니다."

"역시 그렇겠지?"

"예. 이제부터는 속도를 내어 볼까 합니다."

검치는 이미 그러려고 생각을 하고 있던 와중이었다.

"그래. 내 생각에도 이 정도 했으면 충분한 것 같다. 슬슬 토둠의 전투도 질려 가던 참이니 이제부턴 완전히 너의 방식대로 싸워 봐라."

사범과 수련생 들을 위한 단련의 과정에서 토둠은 훌륭한 전장이다. 동료애를 고취시키고, 또 등줄기를 타고 흐르는 전율도 맛볼 수 있다.

그렇기 때문에 일부러 힘에는 힘으로 맞섰다.

검술 훈련에는 그리 효과적이지 않아도, 마음가짐에는 도움이 컸던 것.

수련생들은 죽는 것조차도 훈련으로 여겼으니 즐겁게 싸웠다.

하지만 수르카처럼 평범한 여자 애가 죽음으로써 더 이상 전투를 즐기지 않기로 했다.

위드는 선언했다.

"더 이상은 우리끼리 해 먹을 수 없겠습니다."

드디어 토둠의 성들에서 해방시켰던 뱀파이어들의 전투 참여!

위드의 카리스마와 통솔력이 빛을 발할 시점이 된 것이다.

검치와 동료 들로만 싸우는 게 아니라, 유니콘과 페가수스를 완전히 숫자로 밀어붙일 작정이었다.

그렇게 풀려난 뱀파이어들은 4,600마리나 되었다.

상당수가 약하기 짝이 없는 일반 뱀파이어 종자들이었지만 지친 유니콘들을 상대로 싸우게 하면서 성장시켰다.

이제 본격적으로 전투에 투입하기 시작한 것이다.

"너. 희. 들. 의. 잃. 어. 버. 린. 긍. 지. 와. 자. 존. 심. 을. 찾. 기. 위. 해. 싸. 워. 라. 돌. 격. 하. 라. 적. 을. 무. 찔. 러. 라!"

-스킬 사자후를 사용하셨습니다.
사자후 스킬의 영향 범위에 있는 모든 아군의 사기가 200% 상승합니다.
존재하는 모든 혼란 상태가 해제됩니다.
5분간 통솔력이 220% 추가 적용됩니다.

"우리 뱀파이어들은 남의 명령에는 따르지 않는다. 하지만 위드라는 인간은 합리적인 말을 자주 한다."

"그의 말을 들어서 손해 본 적이 없다."

"어차피 유니콘과 페가수스는 언젠가는 무찔러야 할 적."

남성 뱀파이어들이 망토를 휘날리며 페가수스에게 덤볐다.

"오호호호호! 나를 보세요. 나에게 당신들의 달콤한 피를 한 방울만 주세요."

"깔깔깔. 세상의 낮은 곳을 돌보는 음차원의 마나여, 저 어리석은 자들에게 진정한 적을 알려 줘요."

"우리에게 다가와요. 우리의 종이 되어 함께 이 땅을 지배해 봐요."

뱀파이어 퀸들은 매우 야한 옷을 입었다. 몸에 착 달라붙는 가죽 옷을 입고, 채찍도 휘두를 줄 안다.

그런 뱀파이어 퀸들이 일제히 퍼붓는 정신계 저주들.

과거에 프레야의 기사들을 자신들의 편으로 만들었던 현혹의 기술들까지 사용되었다.

"으후휴휴흥!"

"이히힝!"

유니콘의 뿔에서 보라색 빛이 일렁였다.

마법과 지성 때문에 유니콘과 페가수스는 쉽사리 현혹을 당하진 않았다. 흑마법에도 면역이었다.

하지만 뱀파이어 퀸들은 끊임없이 저주를 퍼붓고 벌레들을 소환하여 신수들을 괴롭혔다.

허약한 뱀파이어 종자들은 박쥐로 변했다. 경박한 날갯짓을 하며 신수들에게 새까맣게 달라붙었다.

신수들은 거세게 저항했지만 흡혈 박쥐들은 죽을 때까지 피를 빨아 먹었다.

츄르릅!

흡혈 박쥐들은 피해를 입더라도, 피를 빨아 먹으면서 금방 회복을 해 버린다. 상대하기에 지독하게 까다로운 적수였다.

뱀파이어 퀸이 곤충과 벌레 떼까지 셀 수 없이 소환을 했으니 신수들은 엄청난 고난을 겪어야 했다.

한 번의 전투가 벌어질 때마다 무려 200마리가 넘는 뱀파이어들이 죽는다. 심할 때는 300마리가 넘기도 했다.

하지만 그런 전투를 겪고 살아남은 뱀파이어들은 훨씬 강해졌다.

뱀파이어의 특성 때문이었다.

흡혈 스킬!

이것은 매우 강력한 무기였다.

뱀파이어들이 사냥 시에 획득하는 경험치의 양을 비약적으로 늘려 줄 뿐만 아니라 적응력까지 키워 준다.

유니콘과 페가수스의 피를 마신 뱀파이어들은 그들의 정령술이나 마법에 피해를 적게 받게 된다. 게다가 피가 완전히 소화될 때까지는 일시적으로 힘이 강해지는 효과까지 있었다.

이 뱀파이어들이 위드와 검치 들에게는 상당한 지원군이 되었다.

전투가 벌어질 때마다 다수의 뱀파이어들이 죽어 나갔지만, 대신 검치 들이 1명도 죽지 않을 수 있었다. 조금만 위험하더라도 뱀파이어 군단을 앞으로 내세운 탓이다.

강력한 뱀파이어의 대군!

위드는 뱀파이어들을 완전하게 거느렸다.

연속된 전투의 승리 덕분에 뱀파이어들은 수족처럼 움직여 주었다.

띠링!

-뱀파이어 군단을 완벽하게 장악하셨습니다.
뱀파이어들은 당신을 탐욕스러운 암흑의 지도자로 인정합니다.
그들이 바치는 충성심은 당신의 나쁜 영광을 드높일 것입니다.

-뱀파이어에 대한 친밀도가 최고의 상태입니다. 그들은 마시고 있던 여성의 목덜미까지도 존경심을 담아 양보할 것입니다.

-악명이 350 상승하셨습니다.

-통솔력이 2 올랐습니다.

-카리스마가 5 상승하셨습니다.

일단 좋은 소식은 아니었다.

악명도 특정 퀘스트를 얻을 때에 간혹 도움이 되곤 했지만, 그보다는 부작용이 컸다. 선량한 마을 주민들은 악명이 높은 사람들을 보면 겁내고 심지어는 도망을 치기도 하니까!

어쨌든 아직까지는 위드가 획득한 악명의 수치가 그렇게 심하게 높은 건 아니라서 우려할 수준은 아니었다.

'악명이야 신전에 기부를 하거나 퀘스트를 하다 보면 차차 없어지기도 하니까 괜찮아.'

물론 신전에 기부를 할 가능성은 거의 없었지만, 급하다면 없앨 방법이 없는 건 아니다.

문제는 다른 곳에 있었다.

띠링!

-비열한 뱀파이어들과 함께 선량한 유니콘과 페가수스를 사냥하셨습니다.
추악한 행위에 대한 대가로 누구나 당신의 악랄함을 알 수 있게 될 것입니다.

위드의 이마에 붉은색으로 이름이 새겨진 것이다.

살인자의 표시!

누구나 알 수 있을 정도로 선명한 붉은색 이름이 떴다.

"왜 나에게 이런 일이……."

위드는 괴로워했다.

다른 사람들도 함께 살인자가 되었다면 이토록 억울하진 않았으리라. 하지만 함께 사냥한 다른 사람들은 그대로 놔두고 혼자만 살인자가 된 것이다.

살인자가 되면 갖게 되는 페널티는 엄청나다.

다른 유저들로부터 공격을 당할 수 있으며, 죽었을 때에 아이템을 떨어뜨릴 확률이 매우 높아진다. 퀘스트를 받기도 더욱 힘들어져서, 일단 살인자 상태가 되면 해제하기가 어렵다.

"왜 나에게만 이런 일이 벌어진 거죠?"

위드는 누군가에게 하소연이라도 하고 싶었다.

페일은 심사숙고 후에 가능성이 있는 대답을 했다.

"유니콘과 페가수스를 제일 많이 잡으셨잖습니까?"

위드의 레벨과 공격력이 제일 높아서, 때리기도 제일 많이 때리고 죽이기도 가장 많이 죽였다.

로뮤나도 슬쩍 거들었다.

"토둠에 오자고 한 사람이 위드 님이잖아요."

이리엔은 그녀 특유의 순진한 눈을 깜박이며 말했다.

"배후의 조종자가 제일 나쁜 놈이잖아요."

"……."

모두 사실이었으니 위드조차도 할 말이 없었다.

검치 들은 오히려 부러워했다.

"괜히 뭔가 있어 보이는군."

"남자다워."

"살인자가 되면 유명해질 수 있다던데……."

뱀파이어들은 더욱 열렬한 호응을 해 주었다.

“처음부터 좋은 인간으로는 안 보였어.”

“우리의 예상이 맞았군.”

“여기서 조금만 더 야비해지면 동료의 목덜미에도 이빨을 꽂을 놈이야.”

그렇게 뱀파이어들의 엄청난 추앙을 받으며 토둠의 성들을 공략했다.

뱀파이어들의 전력을 위드는 효율적으로 관리했다.

이리엔의 신성력으로는 사람들만을 치료할 수 있다. 뱀파이어에게는 통하지 않는다.

‘신성력은 뱀파이어들에게 오히려 독이 되지.’

뱀파이어들이 원하는 것은 피!

심각한 죽음의 위기에 몰린 뱀파이어들에게는 아낌없이 피를 먹여 줌으로써 살렸다.

점점 유니콘과 페가수스를 흡혈한 뱀파이어들이 늘어났다.

뱀파이어들의 레벨도 상승하고 있었다.

반면에 위드와 검치 들, 페일 등은 더 적은 경험치와 전리품을 얻어야 했지만 불가피한 일.

뱀파이어들의 숫자는 줄어들었다가 늘어났다를 반복했다.

전투가 진행될 때에는 엄청나게 죽지만, 잠에서 깨어난 뱀파이어들의 규모가 점점 늘어나면서 그 숫자를 만회한다.

토리도가 이끄는 뱀파이어들은 진혈의 뱀파이어족으로 승급을 했다.

다른 뱀파이어 로드들도 속속 잠에서 깨어났다.

그들이 이끄는 뱀파이어 종족들도 각양각색이었다.

환몽의 뱀파이어.

존재하지 않는 환상을 만들어 혼란과 마비를 일으킨다.

암흑의 뱀파이어.

칠흑 같은 어둠에 몸을 감추고 상대를 공격한다. 오직 피를 마시기 위해 송곳니를 드러냈을 때 외에는 알아볼 수 없다.

협악의 뱀파이어.

일반적으로 알려지지 않은 뱀파이어의 종족이다. 다른 뱀파이어들이 우아하고 예술을 사랑하는 귀족적인 면모가 있다고, 이들 또한 그 비슷한 부류로 취급해서는 곤란하다.

힘! 용맹!

가슴과 팔, 등에 털이 수북하게 나 있는 야수처럼 기괴한 외모에 가공할 근력을 가졌다. 마법도 사용하지 못하는, 천성이 싸움꾼이었다.

뱀파이어임을 알아볼 수 있는 것은 그들의 송곳니와 검은 망토뿐이다.

뱀파이어들이 5,000마리가 넘었을 때에는 아무리 위드의 통솔력이라도 세심하게 관리할 수 있는 한계를 훨씬 초과했다.

실상 100마리가 넘었을 때부터 무리는 있었다.

오크와 다크 엘프 들을 대규모로 다뤄 본 적도 있지만, 통솔력을 지나치게 초과한 무리를 지휘하다 보면 딴 짓을 하며 놀거나 반항하는 놈들이 생긴다.

부족한 통솔력과 카리스마를 사자후와 친밀도로 메웠지만 한계가 생긴 것이다.

위드는 그 남아도는 뱀파이어들을 오크 세에취에게 맡겼다.

오크 세에취. 그녀는 하늘이 꺼져라 한숨을 쉬었다.

"취익. 오크의 몸으로는 마, 마음껏 자세를 취할 수가 없다. 취췻!"

상체를 숙이려고 하면 툭 튀어나온 배 때문에 그럴 수가 없다. 옆구리 살이 많아서 좌우로 움직일 때에도 살이 출렁거렸다.

어디 그뿐이던가!

이렇게 얼굴을 심각하게 굳히고 서 있으려고 할 때에도 장애가 이만저만이 아니었다. 숨을 쉴 때마다 볼 가죽이 푸들푸들 떨린다.

"오크는 아무리 봐도 개그잖아. 취취!"

세에취는 멋지고 우아하게 고독을 즐기려고 하였다.

지금까지의 전투에서 그녀가 할 수 있는 건 정말 많지 않았다.

보살핌을 받는 존재!

심부름을 하는 짐꾼 정도가 그녀가 맡은 역할의 전부였다. 그런데 이제부터는 달라졌다.

─집단 지휘 스킬이 생성되었습니다.
집단 지휘 스킬 1(0%) : 스킬 레벨에 따라 오크 부대 파티를 기본 35명까지 구성할 수 있게 됩니다. 다른 종족들은 20명을 구성할 수 있습니다.
스킬 레벨에 따라 통솔력의 영향력이 3% 증가합니다.
파티와 본인이 지휘하는 부대의 전투 능력치를 상승시킬 수 있습니다.
힘, 민첩, 체력, 맷집의 증가.
파티와 부대원들이 받는 경험치가 2% 늘어납니다(스킬 마스터 시에는 최대 16%).
파티원들과 직속부대의 혼란과 공포에 대한 저항력이 강해집니다.

통솔력의 상승에 따라서 생긴 스킬의 추가!

인간의 경우에는 직업에 따라서 약간씩 다르지만 보통 5명 정도의 파티를 구성할 수 있다. 그 후에 통솔력이 50씩 늘어날 때마다 1명씩 파티원을 더 늘릴 수 있다.

오크는 인원 제한에 있어서 자유로운 편이다.

처음부터 10명, 20명씩 한 파티를 이루고 집단 사냥을 한다.

세에취의 경우에는 오크 지휘관으로서 집단 지휘 스킬까지 얻어서, 거느릴 수 있는 파티의 규모가 훨씬 커진 것이었다.

스킬 레벨에 통솔력까지 더하면 실질적으로 50명 이상을 한 파티로 묶을 수 있다.

파티원들을 강화시킬 수 있을 뿐만 아니라, 몬스터들을 지휘할 때에도 많은 도움이 된다.

"이, 이제야말로 나도 한 인간으로, 취익! 아니, 오크 지휘관으로서 당당할 수 있어. 취취취익."

세에취는 그동안의 설움은 지워 버리고, 마음껏 으스대고 있었다. 불룩 튀어나온 배를 한껏 내밀며, 콧소리를 칙칙대면서!

"취취췻. 내 말을 잘 들으면 맛있는 것을 많이 먹여 주겠다!"

세에취는 그녀가 다스리는 뱀파이어 종자들에게 소리쳤다.

위드의 지휘 능력에 대해서 한때 의심도 해 봤던 그녀였다. 하지만 지금은 생각이 바뀌었다.

'저 거친 검치 들. 만약 다른 사람이었다면 지휘하지 못했을 거야.'

검치 들의 첫인상은 험악했다.

오크와 맞먹는 커다란 덩치에 짧게 깎은 머리, 온몸에 꿈틀거리는 근육들.

눈빛도 살벌하기 짝이 없었다. 우연히 눈을 마주치면 사과라도 하지 않을 수 없을 지경!

위압감이 보통이 아니었다.

워낙에 기가 세서 평범한 사람들은 근처에 가기만 해도 자연스럽게 움츠러드는 게 보통이다.

그런 검치 들이 오백 명도 넘게 모여 있는데 누가 이들에게 명령을 내릴 수 있겠는가.

끊임없이 싸우려고 하고, 고집과 자존심도 굉장히 세다.

어디를 가더라도 숱한 문제를 일으킬 수밖에 없으리라.

그런데 위드의 앞에서는 순박한 돼지가 되었다.

'먹을 것만 주면 좋아해. 그리고 싸움을 할 때에는 억눌려 있던 모든 것을 터트려서 싸워.'

위드가 만드는 음식은 미각과 후각, 심지어는 시각까지도 완벽하게 만족시킨다.

입 안에서 살살 녹는 푸딩이나 샤스핀!

세에취도 평생 먹어 본 음식 중에서 단연 몇 손가락 안에 꼽힌다고 할 수 있을 정도였다.

그렇더라도 처음에는 검치 들을 보면서 어떻게 저렇게 단순한 인간들이 있냐고 고개를 갸우뚱거렸던 적도 있긴 했다.

하지만 그 사정을 알고 나니 충분히 이해할 수 있는 문제였다.

검치 들은 짧게는 10년, 길게는 30년 이상을 엄격하게 육체를 다스리면서 살아왔다.

음식도 퍽퍽한 닭 가슴살이나 달걀흰자만 신물 나도록 먹어왔다.

그들이 도장에서 먹는 식단은 단순했다.

삶은 닭 가슴살을 아무 양념 없이 매 끼니마다 300그램씩 먹는다. 달걀흰자도 소금을 뿌리지 않고 10개, 20개씩 먹는다.

그런 생활을 10년씩 하다 보면 껌만 씹어도 미각이 황홀함을 느낄 정도.

비린내가 심하고 잘 씹히지도 않는 닭 가슴살만 먹다가 불판에 구워지는 돼지 갈비를 보면 가슴이 두근두근 설렌다. 지글거리는 소리를 내며 익어 가는 고기, 줄줄 흐르는 육즙을 보면 입 안에 군침이 고이게 된다.

로열 로드에서는 아무리 먹어도 살이 찌고 몸이 둔해질 우려가 없었으니 검치 들의 식탐은 떠날 줄을 몰랐다.

강한 적수를 만나면 더욱 투지를 불태우고, 모든 것을 동원해서 싸운다.

제일 무서운 것은 굶는 것!

음식 하나로 웃기도 하고 상심하기도 하는, 단순하고 살벌한 남자들.

이 모든 정점에 위드가 있었다.

'먹을 것으로 길들여 놓은 거야. 점점 교묘하게 맛있는 음식을 베풀어서……. 이젠 완전히 헤어 나올 수 없게 만들어 버렸어.'

위드는 파티나 원정대를 원만하게 이끄는 지도자의 수준을 훨씬 넘어섰다.

낙후된 제3세계 국가, 혹은 독재국가에서도 탁월한 재능을 인정받을 수 있으리라.

우민 정치와 선동, 악랄한 비방까지! 완벽한 독재자의 표상!

위드이기 때문에 검치 들과, 페일처럼 일반적인 유저들까지 두루 포용할 수 있다고 봐야 한다.

'역시 먹을 것을 가지고 치사하게 구는 게 최고야! 리더십이나 카리스마 따위가 무슨 필요야. 야비하고 쪼잔하면 최고지.'

세에취도 어느 순간부터 위드에게 물이 들고 있었다.

위드가 지휘하는 뱀파이어 대군은 전투가 지속될수록 세력을 불려 나갔다.

규모도 커지고, 점점 강해진다.

그 대신에 경험치와 아이템의 습득량은 훨씬 줄어들었다. 뱀파이어들이 처리한 신수들은 온전한 경험치를 주지 않았기 때문이다.

"다음 성으로 가죠."

위드의 인상은 펴지질 않았다.

전투에서 이겨도 기뻐하는 내색은 조금도 없다.

이것이야말로 언제나 위기를 강조하는 지도자의 훌륭한 표상이 아니던가.

실은 전투를 이기더라도 얻는 것이 없기 때문이었다.

지독한 속 쓰림!

'죽 쒀서 뱀파이어들에게 주고 있어!'

어쨌든 지금은 퀘스트를 우선으로 해야 했으므로 불가피한 일이기는 했다.

사실 소득이 아예 없는 것도 아니다. 매번의 전투 참여로 인하여 데스 나이트 반 호크가 무지막지하게 강해지고 있었던 것이다.

어둠의 기사 데스 나이트!

반 호크는 막강한 공격력을 지니고 있어 유니콘과 페가수스에게 큰 피해를 입혔다.

당연히 최후의 숨통을 끊어 놓을 때도 많았다.

그러다 보니 레벨이 빠르게 늘어서 어느새 368을 넘었다.

일반적인 데스 나이트들은 레벨이 대충 200대였다. 그런데 오랫동안 성장을 시켰더니 고위급 몬스터의 수준에 올랐다.

"데스 나이트 정보창!"

이름 : 반 호크 성향 : 암흑
종족 : 언데드
레벨 : 368
직업 : 절망을 불러일으키는 죽음의 기사
칭호 : 암흑 군대의 실전 지휘관
명성 : 7,904
생명력 : 126,930 마나 : 23,850
힘 : 964 민첩 : 675
체력 : 650
지혜 : 220 지력 : 220
투지 : 594 지구력 : 455
인내력 : 315 맷집 : 268
카리스마 : 242 통솔력 : 502
행운 : -200 신앙 : -200

칼라모르 제국의 충직한 기사.
어둠의 힘에 물들어 데스 나이트로 다시 태어났다.
바르칸 데모프의 휘하에서 불사의 군단 일부를 이끌었던 전력이 있지만, 최근에는 그의 지배를 벗어났다.
데스 나이트답게 끔찍한 공격력과 지휘 능력을 갖췄다.
* 데스 나이트 부대의 수장.
* 신성 마법에 취약함.
* 언데드, 몬스터 군단을 거느릴 수 있음.
* 4서클 이하의 흑마법 사용 가능.
* 생전에 익혔던 칼라모르 제국 검술을 완벽하게 구사함.

원래 데스 나이트는 암흑 군대의 사령관!

기사 중의 기사로서 암흑 군대를 소집하고, 전투를 벌일 수 있다.

어떤 피해가 있더라도 적을 섬멸하기 위해 전진하는 데스 나이트의 특성 때문에 부대를 맡기지는 않았지만, 전투력만큼은 불만이 없을 정도였다.

반 호크는 레벨이 오를수록 보스 급 데스 나이트의 면모를 유감없이 보여 주고 있었다.

위드는 과거를 돌이켜 보았다.

'천공의 도시 라비아스에서 만난 뒤로 녀석과는 정말 많은 곳을 같이 다녔구나.'

전전하는 사냥터마다 데스 나이트 반 호크가 있었다.

덕분에 뒤를 조심하지 않고 실컷 싸울 수 있었다.

최근에는 동료들, 사형들과 함께하고 있지만 혼자 사냥을 한 시간이 훨씬 많은 위드였다. 북부에서 서윤과 함께 지낼 때도, 그녀가 없는 시간에는 반 호크와 사냥을 했다.

그러다 보니 반 호크와는 떼려야 뗄 수 없는 관계가 되었다.

위드가 반 호크를 정겨운 시선으로 바라보았다.

"이 지긋지긋한 놈."

"……."

"농땡이 피우지 말고 부지런히 싸워!"

그렇다고 위드의 푸대접이 사라진 것은 아니었지만 말이다.

그렇게 연속으로 몰아치듯이 성들을 함락시켰다.

흡혈의 효과가 사라지면 뱀파이어들의 적응력과 전투력이 하락하니 최소한의 쉴 시간만을 주고 싸웠다.

뱀파이어들의 불만이 쉬지 않고 터져 나왔다.

"하룻밤에 한 번 정도만 싸우고 싶다."

"우리에게도 휴식 시간을 달라."

배부른 소리를 하는 뱀파이어들을 달래고 지치지 않게 하기 위하여 위드는 팔뚝을 걷었다.

"마셔."

신선한 피를 제공함으로써 뱀파이어들에게 샘솟는 체력을 제공했다.

위드가 먼저 나서니 마음 약한 페일과 이리엔, 다른 이들도 금방 동참했다.

이제 남은 성은 불과 4개뿐!

"후히히히힝!"

이마에 황금색 뿔이 달린 로열 유니콘, 은빛 갈기를 날리는 실버 페가수스 들이 있었다.

제피가 긴장 어린 기색으로 침을 삼켰다.

"꿀꺽! 저놈들은 아직 공개된 적이 없는 몬스터들입니다, 형님."

"숫자에는 장사가 없지. 쪽수로 밀어붙이면 돼."

위드는 명쾌하게 대답하고 오른손을 들었다.

신호가 떨어지자 덤벼드는 수천의 뱀파이어들!

로열 유니콘과 실버 페가수스가 분전을 하기는 했지만 무릎을 꿇고 사라져야 했다.

그렇게 마지막 남은 성들까지 토벌이 되고 있었다.

화령이 감탄한 듯이 말했다.

"위드 님의 기억력은 정말로 뛰어나신 것 같아요."

"네?"

"토둠의 지리를 정확하게 기억하고 계시잖아요. 47개나 되는 성들의 순서도 외우고 계시고요."

일행이 하나같이 놀라워하던 사항이었다.

위드의 기억력에 경악을 금치 못할 정도였으니까.

"그야 지도가 있으니까요."

"지도가 있어요?"

"유린이에게 그림 그리기를 배워서 제가 직접 만든 지도죠."

화령이 눈을 빛냈다. 위드가 그린 그림이라니 호기심이 생겼다.

"그 지도 좀 볼 수 있을까요?"

"어려운 일도 아니죠."

위드는 품에서 꾸깃꾸깃 구겨진 지도 1장을 펴서 보여 주었다.

처음 토둠의 입구는 큼지막하게 그려 놓고, 다섯 번째 성까지는 조금 작게 그렸다. 그 뒤에는 종이의 크기 때문인지 갈수록 성들이 작아졌다.

지도를 그려 본 것은 처음이라 입구와 성은 있지만 중요한 길들이 뒤죽박죽이었다.

그 대신에 설명으로 대체했다.

입구에서 한참 올라가다가 오른쪽에 보이는, 탑이 예쁜 큰 성.

사과나무가 많이 심겨 있는 성.

북쪽 다리 건너 노란 꽃이 피어 있는 성.

골목길로 걸어서 10분, 파란 대문 성.

아마도 이 지도를 알아볼 수 있는 것은 위드뿐이리라.

화령은 몸을 떨었다.

'이런 지도를 보고 사냥을 했다니.'

아무튼 마지막 성까지 무사히 토벌을 끝냈다.

토둠의 뱀파이어들을 모두 해방시킨 것이다.

그때부터 위드와 검치 들, 일행의 눈에 현재 토둠 전역에서 벌어지는 일들이 비춰지기 시작했다.

토둠!

뱀파이어들이 사는 전설의 왕국!

3개의 달이 빛을 발산하고 있었다. 저 멀리 위드가 만든 잡템의 탑도 있고, 고풍스러운 성들과 영웅의 탑도 여전했다.

유니콘과 페가수스 들은 토둠 위에서 날갯짓을 하며 날아다니고 있다. 지상에서 물을 마시거나 한가로이 풀을 뜯어 먹기도 했다.

그런데 멀리서부터 시커먼 먹구름이 빠른 속도로 몰려왔다.

먹구름은 금세 토둠의 상공을 뒤덮었다.

거센 바람이 불고, 폭우가 쏟아졌다.

쿠르르르릉.

콰과광!

천둥 벼락이 칠 때마다 잠깐씩 대지가 비추어졌다.

풀을 뜯고 물을 마시던 유니콘과 페가수스의 몸에 엄청난 양의 박쥐 떼가 달라붙어 있었다.

고성들의 창문을 깨고 뱀파이어들도 일제히 날아올랐다.

뱀파이어들은 아무리 어둡더라도 시야에 장애를 받지 않는다. 그들은 가까운 유니콘과 페가수스 들이 박쥐 떼에 둘러싸여 정신이 없는 틈을 노려 목덜미를 물었다.

콰악!

뱀파이어들은 신수들보다 약했지만, 일단 목덜미에 송곳니를 찔러 넣고 흡혈을 개시하면 승산이 있었다.

박쥐들이 혼란을 일으키는 틈을 타서 신수들의 생명력과 체력을 급속도로 흡수했다.

"으히히히힝!"

유니콘이 울부짖었다.

로열 유니콘이 말했다.

"고결한 숲의 일족으로서 밤의 일족에게 밀릴 수는 없다. 모든 것을 불태워 버리리. 카사 소환."

불의 정령들이 소환되었다.

일반 유니콘들이 박쥐 떼와 뱀파이어들을 막아 주는 틈을 타서 정령 소환술이 본격적으로 펼쳐졌다.

"운디네 소환!"

빗방울들이 물의 정령으로 변했다.

운디네들은 물로 만든 창을 들고 날아다니며 박쥐 떼와 싸웠다.

실버 페가수스들은 마법을 사용했다.

"댄싱 라이트."

"파이어 애로우!"

어두컴컴한 공간을 빛이 날아다니고, 마법으로 만들어진 불의 화살이 박쥐와 뱀파이어 들을 꿰뚫는다.

유니콘과 페가수스 그리고 뱀파이어들의 전투는 토둠의

전역을 뜨겁게 달구고 있었다.

억수로 퍼붓는 빗속에서 마법과 정령술, 박쥐 떼가 총동원된 혈전이었다.

초반의 승기는 단연 뱀파이어들이 잡아 갔다.

"유니콘의 피는 과연 달콤하군."

뱀파이어 퀸들이 교태롭게 웃었다. 그 웃음을 보일 때마다 일부 유니콘들의 움직임이 눈에 띄게 위축되었다.

뱀파이어 퀸도 여자였다.

유니콘들은 미녀를 좋아하고, 처녀의 무릎에서 잠드는 걸 가장 행복해한다.

'미녀다.'

'한주둥이에 깨물어도 비린내 하나 안 나겠군. 이힝!'

이성이 남아 있기에 유혹을 당하지는 않았지만, 뱀파이어 퀸들을 정령술과 마법으로 공격하지는 못하고 머뭇거렸다.

하늘을 가르며 달린다는 날쌔고 용맹한 페가수스들의 신세도 썩 좋지 않았다.

페가수스들에게는 천마라는 별명이 붙어 있다.

하늘의 말!

근육질의 거구에, 신경질적이고 난폭하기 짝이 없다. 게다가 돌진하는 속도는 그 무엇으로도 따라오지 못할 지경이다.

그런 페가수스들이 하늘로 날아오르지 못하고 있었다.

몸에 덕지덕지 찰거머리처럼 붙은 흡혈 박쥐들 탓이다.

"우헤헤헹!"

페가수스들이 뒷발로 땅을 긁으며 발광을 했다. 목덜미, 옆구리, 엉덩이, 앞발 가리지 않고 흡혈 박쥐들이 이빨을 틀어박는다.

그 따끔한 고통과 함께 몸이 마비되어 가고 있었다.

초반의 승기는 확실히 뱀파이어들이 잡아챘다.

뇌성 벼락이 떨어질 때마다 땅바닥으로 쓰러지는 유니콘과 페가수스 들이 보였다.

그들이 내지르는 비명 소리는 폭우와 천둥 벼락 소리에 묻혔다.

하지만 더 멀리, 높은 곳에서 날아다니던 유니콘과 페가수스 들이 동족들의 위기를 보고 날아왔다.

"아직도 도망가지 않은, 아직도 잠들지 않은 밤의 일족들이 있었던가. 영원한 잠을 자게 해 줄 것이다."

유니콘들이 공중에서 마법을 퍼부었다.

동족들이 다치는 것을 개의치 않고, 박쥐 떼와 뱀파이어들을 향해 온갖 마법을 난사했다.

페가수스들은 무섭게 질주했다.

토둠의 성에서 사냥을 할 때에 수련생들이 가장 많이 희생당한, 전력 질주에 이은 돌진!

수십 마리의 페가수스들이 떼를 지어서 하늘을 달리며 박쥐 떼와 뱀파이어들을 들이받는다.

페가수스의 돌진이 휩쓸고 간 지역에서는 살아남은 소수의 뱀파이어들이 상처투성이로 비틀거렸다.

"휴우, 겨우 살았다. 피! 피가 필요해."

"박쥐로 변해서 쫓아갈까?"

"우리가 날더라도 쫓아갈 수는 없을 것 같다."

뱀파이어들이 봤을 때는 이미 300여 미터 너머까지 거리가 멀어져 있었다.

잠시 한숨을 돌리고 있는 찰나, 페가수스 떼가 하늘에서 선회했다.

무리 지어 나는 새들이 방향을 전환할 때 도는 것과는 약간 달랐다.

페가수스들은 하늘 위를 내달리면서 멀리 한 바퀴를 돌았다. 그러고는 말 머리를 정면으로 한 채로 허공을 딛고 다시 무섭게 가속했다.

두두두두두두두두!

뱀파이어들이 한숨을 돌릴 때에는 분명 저 멀찌감치 떨어져 있었는데, 삽시간에 다시 코앞까지 달려올 정도로 번개 같은 속력!

페가수스들이 재차 휩쓸고 지나간 곳에는 박쥐 날개, 뱀파이어 망토 하나 남지 않고 사라졌다.

"우히히잉!"

수련생들과 싸울 때의 움직임은 어린애 장난처럼 느껴질 정도로, 페가수스들은 무서운 속력으로 전장을 꿰뚫었다.

그때에는 장소가 협소한 탓에 제 속력을 다 내지 못했다. 정령술과 마법도 근접전을 벌여서 미리 봉쇄했다. 유니콘과 페가수스 들의 전투력이 상당히 많이 봉인이 되어 있던 셈.

하지만 사방이 탁 트인 공간에서 유니콘과 페가수스 들의 돌진은 뱀파이어들을 휩쓸고 있었다.

"아무 뱀파이어나 좀 어떻게 해 봐!"

"목덜미에 송곳니도 못 박고 이렇게 주저앉을 셈이냐?"

뱀파이어들이 아우성을 쳤다.

그만큼 유니콘과 페가수스 들을 상대할 방법이 마땅치 않았다.

너무나도 빠른 속도로 움직이면서, 정면에 있는 것들은 몽땅 머리로 들이받아 부숴 버린다.

정령술과 공격 마법 들도 계속 쓰고 있었으니 어둠 속의 공포라 일컬어지는 뱀파이어들이라고 해도 싸울 방법이 마땅치 않았다.

위드와 수련생, 일행에 의해서 마구 때려잡히던 신수들이 고위 몬스터다운 위용을 유감없이 보여 주는 것이다.

뱀파이어들의 피해도 커졌지만, 그렇다고 감당할 수 없을 수준은 아니었다.

생명력과 마나에 큰 타격을 받은 뱀파이어들은 지상으로

내려갔다. 그곳에는 상처 입고 쓰러져 있거나, 박쥐 떼에 의해 괴롭힘을 당하는 신수들이 널려 있었다.

밤파이어들은 신수들의 목덜미에 이빨을 박고 피를 마셨다.

"캬아."

"이 생명력으로 가득한 뜨거운 피 맛!"

노쇠하여 비틀거리던 뱀파이어들이 활력을 찾았다. 초점을 잃은 눈에 총기가 돌아오며 생명력과 체력, 마나도 회복되었다.

죽기 직전이라고 하여도 뱀파이어들은 끝난 것이 아니다.

피 빨 힘과 싱싱한 피 한 모금만 있으면 원상태로 회복할 수 있다는 흡혈의 권능!

뱀파이어들은 전투를 막 시작할 때처럼 활력을 되찾았다.

뱀파이어 로드들도 1마리도 죽지 않았다.

여느 뱀파이어들보다 훨씬 뛰어난 그들은 유니콘과 페가수스 들을 흡혈하면서 더욱 강해졌다.

그런 뱀파이어 로드 중의 1마리!

진혈의 뱀파이어족을 이끄는 토리도가 있었다.

애초에 그의 지능은 그리 뛰어난 편은 아니었지만, 위드와 함께 전투를 다니면서 많은 경험과 실력을 쌓았다.

토리도는 위드가 날뛰는 페가수스들을 어떤 식으로 제어하는지를 봐서 알고 있었다.

토리도가 마법을 사용했다.

"거미줄 소환!"

하늘에 거대한 거미줄이 생성되었다.

각 성들을 연결하는 끈끈한 거미줄들!

지지할 곳이 없는 하늘에 거미줄이 고정될 수는 없는 노릇이었다. 그럼에도 거미줄과 거미줄이 연결되어 잠시 동안 거대한 망이 형성되었고, 박쥐 떼가 여기에 걸려들었다.

박쥐들이 거미줄에 걸려 허우적거릴 때, 눈부신 속도로 페가수스와 유니콘 들이 돌진한다.

거미줄은 단숨에 힘없이 뚫려 버렸다. 하지만 그 거미줄들을 지나칠 때마다 페가수스와 유니콘 들의 속력이 훨씬 느려졌다.

끈끈하게 이어져서 말 머리와 앞다리, 갈기 등에 뒤엉킨 거미줄들이 신수들의 움직임을 느리게 만든다.

"거미줄 소환!"

"거미줄 소환!"

그것을 본 진혈의 뱀파이어족 외에 다른 뱀파이어들도 일제히 거미줄들을 소환했다.

토둠의 성들과 거리, 하늘에는 거미줄들이 셀 수도 없이 쳐졌다.

그 거미줄 벽들을 뚫으면서 페가수스들은 느려졌고, 구름처럼 많은 박쥐 떼가 쫓아와서 그들을 둘러싸고 피를 마셔

댔다.

위드와 검치 들, 일행이 나설 준비가 갖춰진 것은 이 무렵이었다.

마지막 성의 전투가 끝나자마자 탈진해서 땅에 주저앉았다.

커다란 성취감과 희열을 만끽할 틈도 없이 뱀파이어들과 신수들 간의 대전투가 벌어졌다.

체력과 생명력, 마나를 회복하느라 늦어진 것이었다.

"가자. 마지막 사냥을 위해!"

"우리가 나갈 시간이다."

위드와 검치 들이 우르르 뛰쳐나왔다. 그리고 표현할 수 없는 장관에 압도되었다.

성 전체에서 전쟁이 벌어지고 있었다.

마법과 정령술이 난무하고, 부서진 성탑에서 바위들이 굴러 떨어진다.

공중에서는 뱀파이어와 유니콘, 페가수스 들이 맞붙어서 치열한 격투를 벌이고 있다.

전장의 한복판이라고 해도 과언이 아닐 정도였다.

검둘치가 허무한 듯이 중얼거렸다.

"그런데 우리가 공중에 있는 저놈들을 무슨 수로 잡지?"

스킬 중에는 검기를 발동하는 기술들도 있었다. 하지만 마나의 소모가 극심한 편이다.

무식하게 힘과 민첩에만 스탯을 몰아넣은 검치 들은 기본기는 빠르고 강해도, 원거리에 있는 적을 상대하기에는 무리가 많았다.

여기에서 가장 경험이 많은 검치가 먼저 행동을 보였다.

"우리에게는 무기술이 있지 않느냐. 검이 안 되면 활을 써야지."

"역시 스승님입니다!"

검치를 따라서 사범들과 수련생들이 일제히 활을 뽑아 들었다.

"모두 준비! 발사!"

공성 병기로 오해할 정도로 큼지막한 화살들이 하늘로 쏘아졌다.

상당수는 거미줄에 걸렸지만 유니콘, 페가수스, 심지어는 박쥐 떼와 뱀파이어 들에게 꽂혔다.

"크아아앙!"

"인간들이 우리를 공격한다."

뱀파이어들이 불만을 표시했다.

정작 유니콘과 페가수스 들은 몇 마리 맞지도 않았는데, 뱀파이어들만 큰 피해를 입었다.

목표로 한 신수들의 주변에 뱀파이어들이 떼거지로 몰려

있기도 했고, 위드가 제작한 활의 명중률이 낮은 까닭도 있었다.

"맞혔다!"

"계속 쏴라!"

이런 사정도 모르는지, 검치 부대들은 화살을 장전하는 대로 하늘로 쏘았다.

서너 차례의 화살 공격이 반복되면서 뱀파이어들이 거세게 분노했다.

그때에는 눈치가 없는 검치 들이라고 해도 이 방법이 틀렸다는 것을 모를 수가 없었다.

검치가 주위를 둘러봤다.

"위드야!"

일이 잘 안 풀릴 때마다 부르는 존재!

어떤 상황이라고 해도 가장 적절한 해결책을 찾는 위드의 지휘를 기다리는 것이었다.

하지만 검치의 주변에는 위드가 없었다.

"둘치야."

"옛, 스승님!"

"위드가 어디 갔지?"

"글쎄요. 아까 나올 때까지만 해도 있었는데……."

"찾아봐라."

"알겠습니다."

검둘치를 비롯하여 수련생들이 모두 위드를 찾았다. 잠시 후, 그들과 멀리 떨어진 곳에서 위드를 발견할 수 있었다.

지상에는 전투 중에 추락한 유니콘과 페가수스 들이 많았다.

신수들은 워낙 레벨이 높아서 여간해서는 잘 죽지 않는다. 날갯짓을 하지 못해 공중에서 추락을 하더라도 끈질긴 생명을 이어 나갔다.

뱀파이어와 흡혈 박쥐들에 의하여 생명력도 거의 다 빠지고, 흡혈을 당해 몸도 움직이지 못하고 마비가 되었다.

저항도 못 하는 처량한 신세!

위드는 조용히 이마의 뿔을 뽑았다.

"뿔이 탐스럽구나."

"꽤애액!"

이번에는 자하브의 조각칼을 꺼냈다.

"가죽이 반질반질 윤기가 흘러."

"끄어어억!"

"피둥피둥 살이 올랐구나. 몸보신에 좋겠는걸."

"푸헤헤헤헹!"

뿔이 뽑히고, 가죽이 벗겨지고, 살까지 발린다.

죽은 이후에도 뿔이나 가죽을 획득할 수는 있다. 하지만 살아 있을 때 뽑아내야 최상급의 뿔과 가죽을 얻을 확률이 커진다.

신수들은 마지막 멱따는 소리를 내면서 죽어 갔다.

아이템 습득!

비록 거의 죽기 직전인 상태의 신수들을 처리하는 것이라서 경험치는 많이 얻을 수 없었지만, 푸짐한 아이템을 획득할 수 있다.

신수 1마리가 떨어뜨리는 잡템이며 금은보화, 재료 아이템, 무기와 방어구 들!

이렇게 좋은 기회란 다시 올 수 없는 것.

위드에게는 꿈만 같은 일이었다.

'역시 잡템의 탑을 만들길 잘했어. 잡템의 신께서 나에게 은혜를 베풀어 주시는 거야.'

베르사 대륙에 공인된 교단이 있는 건 아니었다. 입 소문으로만 아마도 존재할 것이라고 전해질 뿐.

그럼에도 대륙의 그 어떤 신보다 위대하다는 잡템의 신!

호노스 평야에서 2시간 만에 유니크 장비 5개를 얻었다는 대역사!

오데인 요새 근처의 산맥에서 우연히 길을 가다가 주웠다는, 드워프가 제작한 장갑 한 수레!

아무도 살지 않는 동굴에서 발견한 보물 상자에서 무려 7만 골드 어치의 잡템이 나왔다는 등 잡템 교단의 신화들은 끊이지 않았다.

위드는 열성적인 추종자가 되어 잡템 및 아이템들을 쓸

었다.

물론 헌금을 할 생각은 당연히 추호도 없었다.

정식으로 신전이 있는 것도 아니었으니까.

또한 잡템의 신은 관대했다. 마음만 독실하다면 은혜를 아낌없이 내려 준다는 소문이다.

교리는 단 하나.

어떤 잡템도 헛되이 버리지 마라. 이 세상 어느 것 하나 쓸모없는 잡템이란 없나니.

다크 게이머들 사이에서는 선풍적으로 퍼져 나가고 있는 잡템교의 영향력이 상당했다.

'드디어 내가 말로만 듣던 잡템 신의 축복을 받는구나.'

1마리를 잡을 때마다 적어도 900골드 이상은 벌 수 있었다.

스스로 죽어 버리거나, 혹은 상처가 회복되어 다시 하늘로 날아가 버리면 손쓸 수 없다. 땅에 떨어져 있는 유니콘과 페가수스 들을 처리하는 일은 전투에도 도움이 되었으니 위드에게는 망설일 까닭이 전혀 없었다.

그런 위드의 행동을 보고 페일과 메이런, 제피, 화령, 로뮤나도 부지런히 떨어진 신수들을 공격했다.

오죽하면 마판도 나섰다.

남들보다 약한 상인으로서 전투에 참여하는 건 목숨이 간당간당한 상황이었지만, 큼지막한 도끼를 들고 점찍어 놓은 유니콘을 내려치고 있었다.

검치도 깨달았다.

"땅에 쓰러져 있는 놈들부터 잡아야 되겠구나. 모두 쳐라!"

"예!"

검치 부대는 목표물을 바꾸어서 쓰러져 있는 유니콘과 페가수스 들을 노렸다.

말 종류 신수들의 특성상, 쓰러져 있을 때에는 거의 반항을 못한다.

마비가 되어 있지 않더라도 네발을 바동거릴 뿐!

가뿐히 뒤로 돌아가서 베어 버리면 쉽게 잡을 수 있었다.

어려운 것은 넓은 토둠을 비집고 다니면서 쓰러져 있는 유니콘과 페가수스 들을 발견하고 접근하는 일이다.

공중에서는 계속 싸움이 벌어지고 있기에, 마법이나 정령술 들의 여파가 지상에 미치는 경우도 많았다. 이를 피하기 위하여 눈치를 보며 신경을 분산하지 않으면 안 되었다.

하지만 그마저도 검치와 사범, 수련생 들에게는 너무도 쉽지 않은가!

검치가 갑옷을 벗고 맨몸으로 움직였다.

"우리의 검은 무적이다!"

사범들도 흥취가 일었다. 그래서 검치를 따라서 웃통을 벗었다.

건장한 체격에 꿈틀거리는 근육들!

"우리의 검은 무적이다!"

수련생들도 덩달아서 옷을 벗고 싸웠다. 위험천만한 일!

갑옷을 벗으면 방어력이 대폭 하락한다. 이 상태에서 공격을 당하면 갑옷을 입고 있을 때와 비교해서 최소 5배 이상의 피해를 받을 수도 있다.

유니콘의 뒷발에 한번 차이기라도 하면 그대로 사망!

땅으로 떨어지는 마법이나 정령술에 맞더라도 생명이 위험하다.

이런 긴장감을 즐기는 검치와 수련생들이었으니 이를 나무랄 수도 없었다.

더욱이 그들을 말릴 수 있는 유일한 존재인 위드는 사냥에 눈이 멀었다.

한참 만에야 위드는 검치와 수련생들의 이상 행동을 발견했다.

"응? 왜 저렇게 빨리 달리지?"

무거운 갑옷을 걸치지 않아서 이동속도가 대단했다. 방어력은 거의 전무하지만 민첩성이 최대로 발휘되고 있었다.

"이런……!"

위드도 더 빨리 뛰어다니기 위해 갑옷을 벗었다.

위험도는 증가하겠지만 그런 것을 일일이 다 따져서 피하다 보면 아무것도 할 수 없다.

하물며 잡템의 신이 드물게 내려 주는 축복을 받고 있는 지금에야 망설일 까닭이 없었다.

"잡템!"

위드의 눈이 잔뜩 충혈되어 주변의 유니콘과 페가수스 들을 잡았다.

그렇게 벗고 돌아다니는 존재가 무려 200명이 넘는다!

"우리의 검은 무적이다!"

지상에서 함성이 울려 퍼질 때마다 신수들의 숫자가 급감했다.

공포, 공포, 공포.

어두운 하늘.

천둥 벼락이 내려치고, 폭우가 내린다.

뱀파이어와 박쥐 떼의 공격은 소리 없이 이루어졌다.

추락하는 동족들의 비참한 말로!

이제 얼마 남지 않은 신수들은 도주를 시작했다. 그런 신수들을 끝까지 추격하는 집요한 뱀파이어들.

끝내 토둠의 경계를 넘지 못하고 신수들은 전멸했다. 그리고 살아남은 뱀파이어들은 지친 몸으로 성과 탑에 내려앉았다.

비가 그치고, 먹구름이 사라지고 있었다.

토둠의 성에는 뱀파이어들로 가득하다.

품위 있게 검은 망토로 몸을 감싼 채로 서 있는 그들. 마침내 기나긴 전투가 끝이 난 것이었다.

늙은 뱀파이어가 위드를 향해 다가왔다.

"고맙네, 인간들이여. 우리를 구해 주었군."

뱀파이어의 나이 든 얼굴을 보며 위드가 물었다.

"혹시 당신이 우리에게 편지를 남겼던 뱀파이어입니까?"

"맞아."

"그런데 뱀파이어답지 않게 얼굴이 많이 늙으셨군요."

"그게, 잠들기 전에 상한 피를 마셔서……."

"……."

"처녀의 신선한 피를 마시면 좀 나을 거야. 이제 토둠에는 우리를 거스를 수 있는 존재들이 없게 되었으니 다시 마음껏 사치와 향락을 누릴 수 있게 되었지. 모두 너희 인간들의 덕분이야."

위드와 검치 들, 일행에게 메시지 창이 떴다.

띠링!

이름이 알려지지 않은 뱀파이어의 요청 완료

토둠의 역사는 기나긴 밤의 기록만큼이나 오래되었다.

인간을 사랑하는 뱀파이어.

고독을 좋아하는 뱀파이어.

꽃을 보면 수줍어하는 뱀파이어.
보석을 모으는 취미가 있는 뱀파이어.
조각과 그림을 즐길 줄 아는 뱀파이어.
돌을 쌓고, 성을 짓는 뱀파이어.
자연을 보살피는 뱀파이어.

신으로부터 버림받았다는 뱀파이어.
인간에게 기생하며, 어두운 곳에서 숨어 살아야 하는 운명을 가진 그들은 자신만의 왕국을 세우고 보금자리를 만들었다. 대륙을 헤매는 뱀파이어들이 안식과 평안을 누릴 수 있는 고향이 생긴 것이다.
토둠에 찾아온 평화는 뱀파이어들의 문명이 더욱 찬란한 빛을 발할 수 있게 만들리라.

-뱀파이어 왕국 토둠을 구원한 여행자가 되었습니다.

-명성이 4,420 올랐습니다.

-카리스마가 25 상승하셨습니다.

-숲의 종족들과의 적대도가 100이 되었습니다.

-위대한 전투 경험을 쌓았습니다.
전투와 관련된 스탯들이 3씩 증가합니다.

-레벨이 오르셨습니다.

－레벨이 오르셨습니다.

－레벨이 오르셨습니다.

－레벨이 오르셨습니다.

－레벨이 오르셨습니다.

…….

퀘스트의 성공으로 위드의 레벨이 6개 올랐다. 하지만 다른 이들은 보통 9개에서 12개씩의 레벨이 올랐다.

가장 다수의 레벨이 오른 것은 세에취였다. 무려 17개나 되는 레벨이 올랐다.

아직 초보였고, 원래 성장이 빠른 오크의 특성 때문이었다. 여기에 검치 부대와 한 파티로 다니면서 쌓은 기여도가 꽤 컸기 때문이리라.

"아아."

"우리가 해냈어요."

"성공했습니다."

일행은 일제히 감격스럽고 황홀한 얼굴을 했다.

거짓말처럼 난이도 A급의 퀘스트를 성공시켰다. 그리고 꿈만 같은 레벨 업!

성취감과 희열에 가슴이 뿌듯해졌다.

검치 들만 불만스럽게 툴툴거릴 뿐이었다.

"역시 진작 위드를 따라다닐 걸 그랬잖아."

"아 이거, 레벨 올리기 이렇게 쉬운 줄 몰랐네."

"……."

검치 들의 터무니없는 불만을 뒤로하고, 위드는 뱀파이어의 앞에 다시 섰다.

아직 보상이 다 끝난 게 아니었다. 뱀파이어들이 주기로 한 보물이 남아 있었다.

"신의와 성실로, 우리는 여러분을 위해 최선을 다했습니다. 이제 저희에게 약속한 것을 주십시오."

뱀파이어가 고개를 끄덕였다.

"모험가, 자유롭게 떠돌아다니는 여행자들에게서는 쉽게 찾을 수 없는 책임감이었지. 뱀파이어는 절대 약속을 잊지 않는 종족. 사기와 거짓말은 해도 약속은 잊지 않아."

뭔가를 불안하게 만드는 발언이었다.

뱀파이어는 녹슨 열쇠를 꺼냈다.

"우리 토둠의 보물 창고에는 희귀한 보물들이 많이 있어. 약속대로 일족의 창고로 들어갈 수 있는 열쇠를 주지. 밤의 귀족들에게는 필요 없는 물건들이 많으니 원하는 물건이 있다면 하나씩 갖도록 하게."

"창고의 위치는요?"

"그건 직접 찾아봐야지. 조심해서 사용해야 될 게야. 오래된 열쇠라서 다시 쓰지 못할 수도 있으니."

밤파이어는 음험하게 웃고 있었다.

위드는 열쇠를 받았다.

띠링!

-뱀파이어의 보물 창고 열쇠를 습득하셨습니다. 내구력이 매우 닳아 있으므로 주의하셔야 됩니다.

The Legendary Moonlight Sculptor

군기 잡힌 콜드림

하벤 왕국.

중앙 대륙의 강국으로, 넓고 비옥한 영토와, 풍부한 광물들이 나오는 산악 지대를 가지고 있다. 그런 이유로 로열 로드의 초창기, 많은 유저들이 하벤 왕국을 택했다.

"산들이 많으니 던전이나 마굴 들, 위험한 사냥터들이 있겠어."

모험을 즐기는 부류들은 주로 모험가나 음유시인 들이었다.

"교역소에서 판매하는 물건들의 양도 굉장해. 다른 왕국과의 교통도 편리하고……. 모험가들이 있으니 전리품이 끊이지 않겠군."

상인들도 하벤 왕국을 택했다.

전사와 성직자, 혹은 그 외에 사냥꾼으로 성장하고 싶은 이들도 하벤 왕국으로 정했다.

덕분에 하벤 왕국의 상업과 군사력이 융성하게 되었다. 사람이 사람을 모으다 보니 어느 마을을 가더라도 북적였다.

일루인이나 기덴, 발키스 성에서는 새벽에도 북적이는 인파를 구경할 수 있을 정도였다.

하지만 너무 많은 사람들이 몰린 이유로 인해서 분쟁이 끊이지 않았다. 던전과 마굴, 산악 지대, 평야를 놓고 각 길드끼리 전투가 끝없이 벌어졌다.

"잡아먹히지 않기 위해서는 먼저 쳐야 된다."

"전쟁! 전쟁을 위해서 뭉치자."

모략과 술수가 난무하는 곳.

길드끼리의 동맹과 연합 그리고 해체와 배반이 수없이 반복되었다.

하벤 왕국에는 수천에 이르는 전쟁 길드들이 존재했다. 여기에 타국의 용병들까지 들어오면서 전쟁은 갈수록 크게 벌어졌다.

최강자 바드레이가 이끄는 헤르메스 길드가 노른자위 성들을 장악하고 왕국 전체의 패권을 차지하기 위해 호시탐탐 노리고 있는 왕국.

철혈 기사단과 고독한 용병, 적 마법사 들이 연합을 이루어 반헤르메스 길드의 기치를 세우고 있는 곳이기도 했다.

칼라모르 왕국.

한때는 칼라모르 제국이라고 불리며 드넓은 영토를 가지고 있었다. 하지만 황권이 약해지며 기사들의 난립으로 국력이 쇠해진 틈을 탄 주변국의 침략으로 몰락했다.

그럼에도 다시금 부활하여 제국의 기치를 드높이기 위해 노력하고 있었다.

중앙 대륙의 전통적인 군사 강국으로 기사도가 숭상받는 나라이며, 최강의 왕실 기사단을 보유했다.

다만 귀족이나 주민 들이 여행자들에게 배타적인 편이라서, 칼라모르 왕국에서 시작한 유저들의 숫자는 조금 적은 편이다.

인구가 많고 광산과 기술, 상업이 발달한 왕국이었지만 타국처럼 길드끼리의 전쟁이 빈번하게 발생하지는 않았다.

험난한 센바인 산맥 아래로 매주 대규모 몬스터의 무리가 내려와서 왕국 전역으로 퍼져 나간다.

약탈과 파괴.

애써 안면을 다져 놓았던 마을과 주민 들이 몬스터들에 의해 통째로 사라진 경우도 허다했다.

유저들은 이런 점 때문에 칼라모르 왕국을 극도로 싫어했다.

-너무 위험하고, 순식간에 모든 것을 잃어버릴 수 있는 왕국.

-절대 추천 안 함. 몬스터들에 깔려 죽고 싶은 사람만.

-치안이 안 좋은 센바인에는 가지도 말 것.

여행자들도 극성을 부리는 몬스터들 때문에 칼라모르 왕국의 근처에도 잘 접근하지 않을 정도였다.

왕국에서는 어떠한 이유에서인지 몬스터 토벌을 꺼리고 꾸준히 군사력만 강화하고 있어서, 모험가들에게는 더욱 껄끄러운 곳이었다.

하지만 세상에는 다양한 사람들이 있었다.

칼라모르 왕국에서 시작한 기사들은 몬스터들이 들끓는 근원이라고 할 수 있는 센바인에서의 의뢰를 받아들였다. 목숨이 두렵지 않은 자들이 새로운 경험을 얻기 위해 미친 척하고 의뢰를 수행해 본 것이었다.

그리고 왕국군과 함께 산맥에서 내려오는 몬스터들과 싸웠다.

그렇게 얻은 명예!

-센바인의 방어자로서 명예를 3 획득하셨습니다.

명예는 기사들만이 획득할 수 있다.

명예가 있으면 부하들의 충성도가 높아지고, 귀족이 되는 길이 열린다. 때때로 귀족이나 왕족 들로부터 하사품을 선물 받기도 하고, 숙녀들로부터 인기도 높아진다.

결정적으로 유명한 기사단에 가입하거나 상급 기사가 되려면 명예가 필수적이었다.

의뢰를 수행해 본 기사들은 이 사실을 널리 알렸다.

솔직히 그들끼리만 차지하고 싶은 욕심도 있었다. 하지만 센바인은 너무 위험해서 같이 싸워 줄 사람이 하나라도 더 필요했기 때문이다.

"귀한 명예를 얻을 수 있다고?"

"결투의 승리나 특별한 성취를 이루어도 얻기 힘든 것이 명예인데……."

기사들이 센바인으로 몰려갔다. 그리고 그곳에서 혼신을 다해 싸웠다.

몬스터들의 대군을 막다가 죽을 때도 많았지만, 가끔 수비에 성공했을 때에는 그 쾌감이 이만저만이 아니다.

센바인 주변의 성들에서는 매번 지원병들도 파견해 주었다. 명성과 명예가 오르면 이 지원병들을 휘하의 부대로 지휘할 수도 있다.

덤으로 왕국의 공헌도도 상승시킬 수 있으며, 매번 전투 경험치도 획득이 가능했다.

지독하게 위험한 의뢰였고 실패도 많았지만 유저들은 방어전에 푹 빠져 들었다.

보병과 전사 들, 궁수, 기사 등. 왕국군만 만 명도 넘게 모여 몬스터 대군과 격전을 벌여서 물리친다.

그 박진감 넘치는 희열로 인해 칼라모르 왕국에서는 전쟁이 적었다.

“전쟁? 어떤 할 일 없는 길드가 그런 걸 벌이고 있어?”

“센바인 산맥을 조금만 오르면 재물을 털 수 있는 몬스터 부락들이 수두룩한데…….”

워낙에 험한 사냥터가 있었기에 정복의 대상이 몬스터 무리로 고정된 것이다.

던전이나 마굴이 아니라, 넓은 산맥 전체에서 우글거리는 몬스터들이 내려온다. 지쳐서 죽을 때까지 싸우는 수밖에 없었다.

칼라모르 왕국에서 센바인 방어전에 참여하는 것은 최고의 영예!

왕국의 평화와 아직 약한 초보들을 지키기 위한 싸움이라는 명분도 있었다.

방어전에서 대단한 활약을 벌이는 길드들은 영향력이 확대되고, 또 역으로 센바인 산맥으로 쳐들어간 길드의 깃발 아래 수많은 동맹 길드들이 뭉친다.

전쟁이 아닌 전쟁으로 단련된 병사들.

특히 칼라모르 왕국에서는 기사들이 놀라운 활약을 펼치고 있었다.

원래 기사도를 숭상하는 전통이 있었고, 국가적으로도 기사들에게 아낌없는 지원을 해 준다. 여기에는 센바인 인근의 지형적인 특성이 매우 컸다.

산맥 아래의 방어선이 뚫리면 그다음에는 평야 지대가 나타난다. 이 평야 지대가 실질적인 최종 방어선이었다.

곡창지대와 마을들이 당하지 않도록 평야 지대에서는 몬스터들을 박살 내야 한다.

말 탄 기사들의 거침없는 질주!

성직자들의 온갖 축복을 받은 채로, 갑옷을 입고 몬스터들을 살육할 수 있는 땅이다.

3,000이 넘는 기사들의 일제 돌격!

자욱한 안개를 뚫고, 기사들이 허기진 몬스터 떼를 향해 말을 달린다.

참여해 본 사람들에게는 그처럼 흥분되는 순간이 없었다.

"말도 하지 마. 정말 끝내 줘. 말과 일체가 되어 몬스터들을 돌파할 때의 느낌이란, 정말 짜릿짜릿하지."

"두려움이 아냐. 그래도 손발이 떨려."

"기사로서 몬스터 대군과 죽을 때까지 싸워 본 적이 없다면 너무 안타까운 일이지."

칼라모르 왕국의 선술집들은 항상 기사들로 붐볐다.

후회 없이 싸운 전투에 대한 자랑 그리고 긴장을 풀어내고 다음 방어전에 참여하기 위한 각오를 다지고자 술을 마셨다.

센바인 방어전에 참여한 기사들이 풀어 놓는 경험담은 최고의 안줏거리가 되었다.

하지만 칼라모르 왕국 출신 기사들의 생각을 다른 왕국 사람들은 이해하지 못했다.

여행자들이 물었다.

"그래도 죽는 게 겁나지 않나요?"

"죽으면 페널티가 크긴 하지. 기사들은 갑옷과 검이 워낙 비싼 편이라서……. 그리고 키우던 말도 잃어버리고 말이야."

"레벨과 스킬도 떨어지잖아요."

"맞는 말이야. 하지만 명예가 더 중요해. 명예로운 기사는 더 좋은 말을 탈 수 있고, 병사들도 거느릴 수 있게 되니까."

기사들의 돌격 앞에는 죽음과 궤멸이 있을 뿐이다.

땅을 울리는 말발굽 소리, 자욱한 안개, 흩뿌려지는 피보라.

부수고, 막히고, 궤멸당할 때까지 말을 달리며 신이 나서 몬스터 군단을 꿰뚫었다.

칼라모르 왕국의 기사들은 떠돌아다니며 수행을 통해 성장했다. 그리고 어김없이 센바인에서 자신들의 능력을 뽐냈다.

기사도가 살아 있는 왕국 칼라모르!

칼라모르 왕국의 왕실.

국왕과 귀족들은 30년 만에 불쑥 나타난 기사 콜드림을 보았다.

"그대가 어떻게……."

말을 채 잇지 못하는 국왕의 눈가에 이슬이 맺혔다.

이 광경은 칼라모르와 하벤, 토르판, 마센, 토르, 아이데른 왕국의 유저들까지 모두 지켜보고 있었다.

어느 순간부터 갑자기 눈을 감으니 칼라모르 왕실의 모습이 보이기 시작한 것이다.

"뭐야."

"이게 무슨 일이지?"

"이벤트인가?"

유저들이 궁금해하고 있을 때에도 칼라모르 왕실에서는 대화가 진행되고 있었다.

"죄송하옵니다, 폐하. 이제 돌아왔습니다."

"무슨 일이 있었기에 30년이 지난 이제야 우리에게 올 수 있었단 말이오?"

"하벤 왕국의 음모에 빠져서……. 어느 훌륭한 모험가들이 아니었더라면 영영 폐하와 조국을 위해 싸울 수 없게 될 뻔하였습니다."

"역시 하벤 왕국 때문이었군. 내가 이날이 오기를 얼마나 기다려 왔는지 알고 계시오? 돌아오기만 하였다면 되었소. 우리 칼라모르 왕국이 다시 날개를 펼 수 있을 것이오."

빈센트 칼라모르 3세.

현재의 국왕이 막 제위에 올랐을 무렵, 콜드림의 활약은 그야말로 대단했다.

칼라모르 왕국의 군대를 이끌고 숙적 하벤 왕국과의 전투에서 연전연승!

국경선을 확장하고, 왕국의 위엄을 대륙 전체에 떨쳤다.

혼란기 구국의 영웅으로서, 그 당시 콜드림은 대륙 전체를 뒤져 보아도 열 손가락 안에 드는 강자였다.

제국의 영화를 다시 되돌려 줄지도 모르는 최고의 기사!

그런데 영문도 알지 못한 채로 실종이 된 후에 하벤 왕국의 거센 저항에 전쟁을 마쳐야 했다.

칼라모르 3세는 선포했다.

"내 젊은 날에 시작했던 전쟁. 아직 끝을 보지 못하였소. 이제 그대가 돌아왔고, 칼라모르 왕국의 군사력은 최고조에 이르러서 그 어떤 성이라고 하여도 우리의 자랑스러운 병사들을 막지 못할 것이오. 콜드림."

"예, 폐하!"

"그대에게 우리의 군대를 맡기니, 숙적 하벤 왕국으로 하여금 어느 쪽이 위대한지를 알게 해 주시오."

"비겁한 그들이 멸망할 때까지 진군의 뿔 나팔이 멈추지 않을 것입니다."

띠링!

칼라모르 왕국의 선전포고로 인하여 전쟁이 발발하였습니다.
총지휘관 콜드림이 이끄는 칼라모르 왕국의 9만의 군대!
기사 8,500명.
보병 6만 명.
궁병 16,000명.
사제 3,500명.
몽크 2,000명.
칼라모르 왕국의 정규군은 매우 강력하며, 용서를 모르는 무자비한 집단입니다. 지난 30년간 전쟁을 벌이지 않았지만, 몬스터들과의 풍부한 전투 경험은 그들의 전투력을 최고조에 이르게 만들었습니다.
정규군 외에도 칼라모르 국적을 가지고 있는 자라면 누구나 용병의 신분으로 전쟁에 참여할 수 있습니다.
목표는 하벤 왕국의 점령입니다.

-칼라모르 왕국과 하벤 왕국의 모든 성과 마을에 있는 무기, 방어구 및 생필품의 가격이 현재 시세대로 동결됩니다.
전쟁에 참여한 유저들이 획득하는 전투 경험치가 20% 증가합니다.

유저들은 경악했다.

"저, 전쟁이다."

"드디어 터졌다."

칼라모르 왕국과 하벤 왕국이 앙숙이라는 것은 일찍부터 알고 있었다. 그래도 설마 했는데, 두 국가 간의 전면전이 벌어지고 만 것이다.

위드도 칼라모르 왕실에서 벌어진 일의 영상을 보았다. 퀘스트의 당사자로서 지켜볼 수 있었다.

위드는 매우 짧은 순간, 대략 0.01초 정도 전쟁의 여파를 생각했다.

"뭐, 상관없겠지. 내 일 아니니까."

이 시원한 태도!

검치는 당연하다는 듯이 고개를 끄덕였다.

"원래 애들은 싸우면서 크는 거지. 죽거나 살거나 그놈들이 알아서 할 일이니 신경 쓸 것 없다."

검삼치도 거들었다.

"어릴 땐 사흘에 한 번씩 맞지 않으면 소화불량에 걸릴 정도였죠."

검사치도 과거를 회상했다.

"많이 맞은 날은 이상하게 잠이 잘 왔지."

칼라모르 왕국 유저, 하벤 왕국 유저 들이 죽거나 말거나 이들은 조금의 관심도 없었다.

약간이나마 양심의 가책을 느끼는 것은 페일 무리였다.

페일의 미간에 수심이 펴지지 않았다.

"전쟁이라니……."

이리엔도 매우 불안했다.

"두 왕국 유저들은 괜찮겠죠?"

페일은 한동안 대답을 할 수 없었다.

전쟁은 기회였다.

각 세력들 간의 정체되어 있던 판도가 한순간에 뒤바뀔 수 있는 절호의 기회!

이날이 오기만을 기다려 왔던 사람들도 있을 테고, 부득이하게 전쟁에 휘말려서 피해를 입는 사람들도 생기리라.

칼라모르 왕국과 하벤 왕국.

어느 쪽이든 영토를 빼앗기거나 성이 파괴당한다면 그 지역에 기반을 가지고 있는 유저들에게는 손실이었다.

노력해서 친밀도를 높여 놓은 귀족이나 기사 들이 죽어 버린다면 그것도 매우 커다란 손실.

최악의 경우 모든 피해를 무릅쓰고 망명을 가야 할 수도 있다.

페일이나 이리엔처럼 로자임 왕국을 떠나 많이 떠돌아다니던 이들에게는 큰 상관이 없었지만, 상당수의 유저들은 조국을 버리지 못했다.

처음 시작했던 조국이라는 점 때문에 얻는 이득이 많았다.

마을의 주민들도 호의적이었고, 인근 지역에 대한 정보도 많다. 그렇게 성장하다 보면 쌓아 놓은 공헌도나 친밀도로 인하여 여간해서는 조국을 등지지 못하는 게 보통이었다.

레벨 300이 넘는 유저들의 경우에도, 귀족들의 의뢰를 받아서 원정을 떠났다가 돌아오곤 했으니 조국의 가치야 이루 말할 수 없다.

하지만 페일은 칼라모르 왕국과 하벤 왕국의 세력 구도나, 이리저리 얽혀 있는 복잡한 사실들까지는 알 수 없었다.

페일은 가장 편하고 합리적인 대답을 내놓았다.

"뭐, 우리가 했다는 게 안 들키면 되겠죠."

"정말 현명한 생각입니다."

제피도 동의를 표시했다.

"들키지만 않으면 되지."

"맞아. 우리가 상관할 일은 아니니까."

페일의 의견은 모두에게 큰 환영을 받았다.

그렇게 착하던 무리가 위드의 영향을 받아서 서서히 사악해진 결과인 것이다.

메이런도 자신이 해야 될 일을 잘 알았다.

"이 부분은 편집할게요."

콜드림을 풀어 줬다는 사실만 방송에 안 나간다면 아무런 걱정이 없다. 방송사에도 미리 이 부분들만 삭제를 하고 원본을 보내면 절대로 알지 못할 테니까.

두 왕국 간의 전면전이라는 끔찍한 만행을 벌인 당사자들은 다시금 관심을 눈앞에 있는 뱀파이어의 보물 창고로 돌렸다.

퀘스트의 성공으로 이름 없는 뱀파이어가 내구력이 거의 떨어진 녹슨 열쇠를 주었지만, 그것은 위드에게 아무 장애도 되지 않았다.

보물 창고 열쇠 : 내구력 2/20.
사용한 지 오래된 탓인지 심하게 낡아 있다.
부식이 심해서 세 번 정도 쓸 수 있을 것 같다.

'퀘스트 한두 번 하는 것도 아니고, 이 정도야 식은 죽 먹기지.'

필요한 것은 보물 창고의 위치.

뱀파이어가 창고의 위치를 알려 주지 않았으니 이 녹슨 열쇠를 가지고 탐험을 해야 했다. 하지만 위드는 이미 토둠을 샅샅이 훑어보면서 보물 창고가 있을 만한 위치를 확인해 두었다.

"첨탑 위. 밤이 되면 토둠의 중앙부에서 올려다보았을 때 달이 걸리는 곳."

위드는 매번 퀘스트를 포기하고 싶을 때마다 그 첨탑을 보며 군침을 흘렸다.

천둥 벼락이 떨어지던 대격전의 날에도 마찬가지였다. 첨탑의 내부에서 호응하듯이 금빛이 번쩍거리던 것을 보았던 것이다.

메이런이 의문을 표시했다.

"근데 그 첨탑으로 올라가는 길에는 봉쇄된 문이 없는데요?"

"이건 창문 열쇠일 겁니다."

"넷?"

"뱀파이어들의 기준으로 봐야죠. 뱀파이어들에게는 창문이 더 편하니까요. 창문으로 첨탑에 들어가면 계단으로 갈 수 있는 곳과 반대편으로 들어가게 될 겁니다. 정확하게 달이 정면으로 보이는 곳이죠."

이럴 때에만 상대방의 기준으로 보는 위드.

위드는 어렵지 않게 창문을 통해 뱀파이어들의 보물 창고로 들어갔다. 그러자 뱀파이어들도 따라 들어와서 이곳이 보물 창고가 맞음을 확인시켜 주었다.

이름 없는 뱀파이어가 말했다.

"한 인간, 혹은 한 개체마다 하나씩의 무기나 방어구만을 가져갈 수 있다. 그 이상을 욕심내면 우리 뱀파이어들의 분노를 사게 될 거야."

-허락된 물품은 단 하나입니다.
그 이상은 뱀파이어들이 허락하지 않으며, 공격을 가할 수도 있습니다.
뱀파이어들에 의해 목숨을 잃으면 지니고 있는 아이템들을 보물 창고에 빼앗기게 됩니다.

그렇게 보물 창고에서 콜드림도 해방시키고 정신없이 자신들이 필요로 하는 아이템을 구경하고 있었던 것이다.

콜드림을 해방시킬 때에도 완전히 걸작이었다.

수십 개의 구슬들이 진열되어 있었는데, 콜드림의 영혼은 마법진이 그려져 있는 투명한 구슬들 중의 하나에 들어 있었다.

— 오, 드디어 인간들이 이곳에…….

으스스한 콜드림의 목소리.

귀신이 울고 갈 음성이었지만 감격과 기쁨 그리고 환희에 벅차 있었다.

— 인간들이여, 어서 꺼내 다오. 나 칼라모르 왕국의 기사 콜드림, 드디어 다시 폐하께 충성을 바칠 수 있게 되었구나.

하지만 불쌍하게도 뱀파이어의 보물 창고에 들어온 인간들은 호락호락하지 않았다.

돈밖에 모르는 위드와, 어느새 그와 닮아 버린 일행, 아무 생각 없는 검치 들!

위드는 귀찮다는 듯이 말했다.

"누가 꺼내 준대?"

— 나에 대해서 알지 못하는가? 나는 칼라모르 왕국의 기사 콜드림이다.

"그랬는데? 지금은 갇혀 있잖아."

— …….

콜드림이 한결 조심스럽게 말했다.

— 그래도… 내 영혼을 속박하고 있는 이 구슬만 깨어 주면 나는 자유의 몸이 된다. 뱀파이어들의 술수에 영혼이 사로잡혔을 뿐, 대륙의 어딘가에 내 육신은 그대로 남아 있을 테니 부활할 수 있다.

"이미 썩었을지도 모르잖아."

— …….

단지 몇 마디의 말로 상대를 좌절시켜 버리는 위드의 화법!

인간들이 들어와서 희망에 부풀어 있던 콜드림을 나락까지 떨어뜨려 버렸다.

구슬 안에 있는 콜드림의 순결한 흰 영혼이 작게 축소되었다.

상처받은 기사의 영혼!

메이런이 위드의 귓가에 조심스럽게 속삭였다.

"위드 님, 이런 경우에는 다시 멀쩡하게 부활했던 전례가 있어요."

"어떻게요?"

"과거의 인물들이 부활할 때는 몇 가지 전제 조건이 있는

데, 새로운 육체를 차지하거나… 뭐, 거의 흑마법사들에 해당되는 것이죠. 혹은 신전에서 새로운 육체를 얻거나, 아니면 기존의 육신이 아직도 남아 있을 수도 있어요. 영혼만 잃어버린 기사의 육체는 사라지지 않고, 어떤 마법에 의해 보존되거나 혹은 던전에서 본능에 따라 침입자들을 격퇴하면서 생존하는 수가 있거든요."

"결국 콜드림이 정말 대륙에 부활할 수도 있단 얘기군요."

"충분히 가능해요."

그렇다고 해서 위드가 바로 콜드림을 꺼내 준 것은 절대 아니다.

"우리가 얼마나 힘들게 싸워 가며 이곳까지 왔는지 콜드림 너는 알지도 못하겠지. 너 하나를 구원하기 위하여 뱀파이어들의 요구를 들어주어야만 했다. 진흙탕에 온몸을 내던지면서까지 왔는데……. 아무 고생도 없이 풀려난 너는 쉽게 그 은혜를 잊어버리겠지."

— 기사는 은혜를 잊지 않는다.

"콜드림, 기사도를 행하면서 몬스터를 퇴치하고, 약자들을 지키는 소신을 잊지 말도록 해. 내가 바라는 것은 정말 그것뿐이니까."

급친절 모드!

영혼이 속박된 구슬을 깨지 않으면서 친밀도를 높이기 위하여 위드가 작업을 치고 있었다. 강직한 기사에게는 정의와

순수함으로 친해지려는 의도였다.

하지만 콜드림은 대단한 무위를 가졌던 기사답게 금방 넘어가진 않았다.

— 이상하군. 조금 전까지만 해도 안 풀어 줄 것처럼 말하더니…….

"그거야 너를 보니 욱하는 마음에……. 사실 너를 구하기 위해 희생당한 우리의 많은 동료들을 떠올리니… 크흑!"

위드의 나오지도 않는 눈물 쥐어짜기!

죽은 수련생들을 생각하면 입가에 미소가 번질 뿐이다.

'밥값 아낄 수 있겠군.'

그럼에도 동료애를 우선시하는 모험가들이란 생각에 콜드림의 어투가 누그러졌다.

— 나 하나를 구하기 위하여……. 추후 칼라모르 왕국에 돌아가면 너희를 잊지 않도록 하겠다. 미안하다. 지금은 아무것도 가진 게 없으니 더 이상은 약속해 줄 수 있는 것이 없다.

왕이나 귀족과 친해진다면 퀘스트도 쉽게 받고, 얻을 수 있는 이득이 크다. 약간의 친밀도라도 만들어 두었으니 칼라모르 왕국에 가서도 쉽게 말을 틀 수 있으리라.

다크 게이머로서 추후 어느 왕국에서 모험을 할지 모르니 친숙한 이들을 많이 만들어 놓는 것이 필요했다.

위드는 이것으로 일단은 만족했지만 불현듯 떠오르는 생

각이 있었다.

"콜 데스 나이트 반 호크!"

"불렀는가, 주인!"

데스 나이트.

칼라모르 제국 출신이었다는 사실이 떠올라서 일단 소환했다.

"너도 칼라모르 제국의 기사였지?"

"생전의 일일 뿐이다. 지금은 어둠의 기사로서, 주인에게 충성을 바친다."

"그래도 여기 칼라모르 출신이 있으니 서로 얘기나 좀 해 봐."

"알았다."

데스 나이트는 안광을 번뜩이며 콜드림의 영혼이 속박된 구슬을 보았다.

"칼라모르 출신인가?"

— 그렇다. 하지만 데스 나이트 따위가 부를 수 있는 이름은 아니다.

콜드림은 명예로운 기사답게 데스 나이트와 말을 섞는 것을 거부하려 들었다.

데스 나이트는 인내심 있게 물었다.

"몇 기지?"

— 뭣?

"기사 아카데미 몇 기 출신이냐고 물었다."

— 694기다.

그 말을 들은 데스 나이트는 코웃음을 쳤다.

"벌써 시간이 그렇게 흘렀나? 난 164기인데."

— 선배님!

한번 기사는 영원한 기사!

칼라모르 제국 시절에 존재했던 반 호크는 콜드림에게는 까마득한 선배.

이건 친밀도의 문제가 아니었다.

서열!

데스 나이트 반 호크와 콜드림의 상하 관계가 형성되었다.

군대에서 병사들이 더 높은 계급에게는 꼼짝도 할 수 없는 이치와 마찬가지였다.

데스 나이트는 오랜만에 기가 살았다.

"내가 칼라모르에 있을 때는 전 대륙을 호령하고 있었지. 어디서도 칼라모르 출신이라고 하면 끔뻑 죽었어."

— 죄송합니다, 선배님. 지금은 주변국들에 의해 국력이 많이 약해져서 제국이라고 불리지도 못합니다.

"안타깝군."

— 다 후배들이 미흡한 탓입니다. 제가 뱀파이어들에게 사로잡히지만 않았어도……. 아! 선배님께서도 저를 구하는데 도움을 주셨군요.

"칼라모르 출신의 기사로서 당연히 해야 할 일이었다."

— 고맙습니다, 선배님.

"못난 놈! 뱀파이어 따위에게 사로잡히기나 하다니."

— …….

자긍심 높던 콜드림이 위드와 데스 나이트 앞에서 전전긍긍하게 된 계기였다.

The Legendary Moonlight Sculptor

생명 정령 조각술

그렇게 풀려 나간 콜드림이 대형 사고를 불러왔다. 하지만 눈앞의 보물들에 칼라모르 왕국, 하벤 왕국의 전쟁은 금방 잊혔다.

"이게 다 얼마야."

"무기를 골라야 될까. 아니면 힘을 올려 주는 장갑을 골라야 될까."

"여기 사제복도 있어요."

"마법사의 로브도 있어!"

물품들이 산더미처럼 쌓여 있으니 더 고르기 어려웠다.

어떤 하나를 고르려고 하면, 다른 물품들이 더 눈에 밟혀서 막상 정할 수가 없다.

게다가 뱀파이어의 창고에 보관된 유니크 아이템들의 적정 레벨은 400 이상!

450이 넘는 것들도 있었다.

그만큼 성능은 뛰어나지만 대신에 바로 사용할 수는 없는 물품들이었다.

화령은 부채를 찾아냈다.

"위드 님, 이것 확인해 주세요."

감정 스킬이 없는 그녀는 마음에 드는 물건을 찾을 때마다 위드를 통해 정보를 확인했다.

"감정!"

셀린의 부채 : 내구력 55/55. 공격력 12~21.
동양적인 양식의 얇은 부채.
대나무를 깎아 만든 부채 대에 열두 가지 색깔의 비단을 붙였다.
부채를 펴서 흔들 때마다 비단들이 길게 늘어져 너풀거린다. 작은 알갱이의 보석들이 박혀 있어 어두운 곳에서도 무척 예쁠 듯하다.
무희 셀린이 사용하던 부채.
이성을 유혹하는 고혹적인 향기가 난다.
제한 : 바드, 댄서 사용 가능.
레벨 400. 매력 620 이상.
옵션 : 유명한 댄서이거나, 매력이 700을 넘으면 착용 제한 25% 감소.
매력, 카리스마 +60.
체력 +30. 민첩 +25.
바드의 모든 스킬 효과를 20% 더함.
댄서의 모든 스킬 효과를 40% 더함.

댄스 스킬이 고급 이상일 때에는 부채춤을 사용할 수 있음.

*** 부채춤** : 고급 댄스 스킬.
매우 우아한 동양적인 춤.
지성을 가진 몬스터들을 자괴감에 빠지게 만들어서 타격을 입힌다.
동료들의 사기를 드높여서 상태 이상을 회복시키며, 최대 15%의 전투 능력 강화.
평화 시에 추었을 경우 왕족이나 귀족, 주민 들에게 호감도를 얻을 수 있다.
매력과 카리스마의 효과 +80%.

유니크 아이템답게 여러 옵션이 붙었을 뿐만 아니라 새로운 춤까지 있었다.

사실 레벨 400 이상이 쓰기에 그리 뛰어난 아이템은 아닌 편이었다. 그래도 착용 제한 감소의 옵션이 걸려 있어서 화령도 사용할 수 있다.

위드가 부채를 돌려주자 화령은 뛸 듯이 기뻐했다.

"아, 다행이다. 지금 바로 쓸 수 있네요. 정말 마음에 드는 부채였거든요."

"다만 성능이 조금……."

"그래도 예쁘니까 괜찮아요."

위드는 고개를 끄덕였다.

'좋은 선택이군.'

레벨 400이 될 때까지 기다리는 편보다 지금 당장 쓸 수 있는 물품을 선택하는 것도 현명한 판단이었다.

현재 레벨 400이 넘는 유저들의 숫자는 극소수!

착용 제한 감소 옵션이 걸려 있는 이 부채는 언제든 더 높은 가격으로 팔아먹을 수 있을 테니까.

위드는 다분히 실리적인 관점에서 바라보았지만, 화령은 단순하게 선택했다.

'예쁘면 됐지 뭘.'

길거리에서 파는 1,000원짜리 고무줄이라도 마음에 들면 된다는 주의였다.

화령이 물품 고르는 것을 보고, 다른 이들도 비슷하게 착용 제한 감소의 옵션이 붙은 아이템을 골랐다.

검치 들만이 착용 제한에 신경 쓰지 않고 자유롭게 마음에 드는 검을 구했다.

"손에 맞는 검."

"화려한 장식보다는 실용적인 검이 좋을 거야."

우수한 검들을 골랐지만 레벨 제한이 있어서 사용은 할 수 없다.

페일은 어수룩한 검치 들이 또다시 사고를 친 건 아닌지 걱정이었다.

"검둘치 형님."

"응?"

"우선 쓸 수 있는 검을 고르는 편이 낫지 않을까요? 나중에는 더 좋은 검을 구할 수도 있고, 더 빨리 강해질 수도 있잖아요."

페일의 진지한 물음에 검둘치는 싱겁다는 듯이 답했다.

"검은 휘두르기 위해서만 있는 게 아니야."

"네?"

"명검이 뭐라고 생각해? 검을 보면서 마음을 갈고닦고, 결국 그 검을 쓸 수 있을 만큼 강해지고자 각오를 다지기 위해서이지."

검치 들이 레벨 400대의 무기를 갖는다.

그러면 그 검을 써 보고 싶어서라도 더 빨리 강해질 수 있으리라.

죽도만 몇 년씩 들다가 진검을 손에 쥐었을 때의 느낌은 남다를 수밖에 없다. 훌륭한 유니크 검을 획득하였다면, 그 검을 휘둘러야 한다는 목표가 생긴 셈이었다.

위드도 마땅한 무기를 찾기 위해 보물 창고를 헤맸다.

'레벨 400대의 무기라…….'

대장장이 스킬이 있으므로 구태여 착용 제한 감소의 옵션은 필요하지 않다. 강한 공격력이 중요했다.

'그리고 나중에 중고로 팔아 치우기 좋은 검으로.'

신중하게 무기를 고르려고 했는데, 웬만큼 좋은 검들은 이미 검치 들이 골라 버린 후였다.

위드는 절대 손해 볼 수 없다는 생각에 남아 있는 검들을 모두 살폈다. 중고 가격과 대중적인 선호도, 생김새, 전투에 유리한 옵션들을 세세하게 따져야 했다.

'마트에서 200원 더 비싼 소금을 샀던 일. 그런 일은 다시 발생해서는 안 돼.'

끝없는 후회를 불러왔던 충동구매!

그 사건을 되새기면서 무기들을 철저히 분석했다. 그러던 와중에 특이하게 생긴 붉은색 창을 발견했다.

"이건 뭐지? 감정!"

파스크란의 창 : 내구력 60/60. 공격력 79~97.
혼돈의 시대에 기사 파스크란이 사용했던 창.
강철로 만들어져 있어 매우 무거움.
자세한 내역은 현재로써는 확인이 불가능함.
제한 : 기사, 창병, 성기사 전용.
옵션 : 말을 탄 상태로 전력 질주 중에 사용 시에는 공격력 3배 강화.
적의 방패와 갑옷을 꿰뚫는 공격이 치명타를 입힐 확률 65% 증가.

파스크란의 창!

'어디서 들어 본 이름인데.'

기사 파스크란이 사용했다는, 세상에 단 하나뿐인 유니크 아이템이다.

위드의 머릿속에 번뜩이며 스쳐 가는 기억.

'맞아. 다크 게이머 연합에서 본 적이 있었지.'

다이아몬드 등급의 구매자가 찾고 있다는 물건이었다.

'평균 구매액이 2백만 원이 넘는 구매자였던가.'

아쉬움은 들었지만 그렇다고 파스크란의 창을 택할 생각은 추호도 들지 않았다.

위드는 검술밖에 익히지 못했다. 대장장이 스킬 덕에 창을 사용할 수는 있겠지만 추가적인 공격력을 이끌어 내진 못한다.

'다른 무기를 고르는 편이 낫지. 내가 사용하다가 판매하더라도 괜찮은 아이템이라면 비싼 가격을 받을 수 있을 테니.'

다크 게이머로서 아이템 판매도 필요하지만, 본인의 성장도 중요하다.

위드는 파스크란의 창은 제쳐 두고, 검들을 위주로 살펴보다가 상당히 낡은 검을 발견해 냈다.

"이렇게 안 좋은 검도 보물 창고에 있나? 감정!"

콜드림의 낡은 검 : 내구력 12/27. 공격력 16~37.
칼라모르 왕국의 유명한 기사의 검!
왕의 의뢰로 가장 뛰어난 대장장이가 3개월에 걸쳐 심혈을 기울여서 만들어 냈다.
우아한 기품과, 화려한 장식들로 품격을 더했던 작품.

숱한 전장을 거치면서 검날이 울퉁불퉁해졌고, 장식들은 모두 떨어져 나갔다. 마지막 뱀파이어와의 전투에서 검신에 큰 손상을 받음.
완전한 수리를 위해서는 미스릴 같은 추가적인 재료가 필요.
콜드림이 기사 수행 도중에 하급 악마 아이스 데몬을 베어 그 힘이 조금은 남아 있다.
제한 : 기사 전용.
레벨 440.
옵션 : 악마를 베었던 검.
힘 +2.
민첩 +3.
명성 +25.

기사 콜드림이 사용했던 검!

심각하게 낡아 있고, 오랫동안 방치해 두어서 내구력이 정상이 아니었다.

'내구력이 떨어져서 공격력도 제대로 확인이 안 되는군.'

공격력 자체만 놓고 보면 레벨 50대 정도의 초보들이 사용하기에 적당한 검이었다.

유니크 급 아이템이라고는 믿을 수 없는 물건!

레벨 제한도 터무니없을 정도였지만 위드는 이 검의 잠재력이 이 정도라고는 생각하지 않았다.

"진흙 속에 진주가 묻혀 있는 법. 원래 공격력은 좋을 거야."

그걸 알아보기 위해서는 쉽지 않은 선택을 해야 했다.

수리를 해서 원래 상태로 고쳐 놓는 것!

소모되는 미스릴이 아깝지만 시도해 볼 가치는 있었다.

"이런 귀중한 기회를 도박으로 날릴 순 없어. 이런 건 즉석에서 확인을 해 봐야지."

위드는 바로 화로에 불을 피웠다.

대장장이의 불꽃!

2시간을 활활 타올랐을 때에 콜드림의 낡은 검을 넣었다. 하지만 녹슨 부분이 떨어져 나갔을 뿐, 울퉁불퉁 금이 간 검신에서는 반응이 없었다.

"과연… 유니크 급 아이템."

7시간이 더 지났다.

기다리던 다른 사람들은 모두 지쳐서 보물 창고를 나갔다.

뱀파이어들만 졸린지 하품을 하며 지켜보고 있을 뿐이었다. 화로에 불을 피울 때에는 잠시 경계를 했지만 무기를 수리하는 것임을 알고 제지하지 않았다.

위드는 화로의 불을 계속 키워 나갔다.

-포만감이 20% 이하로 떨어졌습니다.

위드는 화로에 고구마를 구워 먹으며 버텼다.

하루가 지났을 무렵에는 불꽃의 색이 청색으로 변했다. 그래도 낡은 검은 반응이 없었다.

"크흐흐흐."

위드의 집착은 포기를 몰랐다.

돈독이 한창 올라 있는데, 검을 확인도 하지 않고 가질 수는 없다.

그 어떤 노가다라도 감당할 수 있는 자부심!

위드의 끝없는 힘의 원천이 아니던가.

"이제 시작이지. 잠깐씩 나가서 20분씩 눈을 붙이고 돌아오면 돼. 그러면 적어도 1달은 버틸 수 있어."

위드의 독심 앞에서 이 정도 기다림은 아무것도 아니었다.

그렇게 이틀 하고도 절반이 지났을 무렵이었다.

불꽃이 완전히 흰색으로 타오를 때 다시 낡은 검을 안으로 집어넣었다.

치지지직.

이번엔 반응이 있었다.

웬만한 수리는 숫돌로 검날을 가는 정도면 되었다. 그 이상이라고 하더라도 망치로 검신을 두들겨 주는 정도면 된다.

하지만 내구력이 너무나도 심하게 깎여 있어서 낡아 빠진 검을 다시 제련하는 것이었다.

레벨 440의 유니크 급 아이템이라서 쉬운 일은 아니다.

땅땅땅!

위드는 검을 다시 제련하며 망치로 두들겼다. 그러면서 식힐 때마다 사냥을 통해 획득했던 미스릴 조각들을 더했다.

그 결과 6시간에 걸친 수리 끝에 검을 원상태로 돌려 낼 수 있었다.
"감정!"

콜드림의 데몬 소드 : 내구력 160/160. 공격력 103~121.
칼라모르 왕국의 유명한 기사의 검!
왕의 의뢰로 가장 뛰어난 대장장이가 3개월에 걸쳐 심혈을 기울여서 만들어 냈다.
우아한 기품과, 화려한 장식들로 품격을 더한 작품.
최근에 다시 대대적인 수리가 이루어졌다.
명성에 비해 재능이 떨어지는 대장장이가 손을 봐서 예전의 예기를 완전히 되찾지는 못했다. 완벽한 수리가 되지 못하여, 최초 완성되었을 때보다는 내구력과 공격력이 약간 깎여 있다.
콜드림이 기사 수행 도중에 하급 악마 아이스 데몬을 베어 그 힘이 조금은 남아 있다.
제한 : 기사 전용.
레벨 440.
힘, 민첩, 카리스마, 통솔력, 투지, 신앙 500 이상.
명성 12,000 이상.
옵션 : 악마를 베었던 검.
데몬 소드에 베일 때마다 최대 일곱 가지의 저주에 걸림.
검의 소유자보다 약한 몬스터들을 심하게 위축시킴.
힘 +20.
민첩 +35.
인간 병사들에 대한 통솔력 150% 강화.
공격 속도 3% 향상.
마법 저항 46%.
명성 +2,500.

화려한 옵션과 공격력!

콜드림이 소유했던 검답게 굉장한 능력치를 보여 주었다.

"대박이다."

위드는 데몬 소드를 챙겨 넣었다.

A급 퀘스트의 보상으로 훌륭한 무기와 함께 칼라모르 왕국의 공헌도도 획득했으니 마음이 가볍기 짝이 없었다.

'칼라모르 왕국에도 나중에 보물이나 하나 얻으러 가야겠군.'

아침 일찍 깔린 일숫돈을 받으러 집을 나서는 사채업자처럼 산뜻한 기분!

위드는 기분 좋게 창고를 나갔다.

위드와 그 일행이 모두 나가고 다시 고요함을 찾은 뱀파이어의 보물 창고.

수십 자루의 검들이 바닥에 어지럽게 뒹굴고 있었다. 볼품없는 것은 물론이고, 너무도 형편없어 아무도 챙기지 않았던 검들.

소란이 끝난 뒤에는 먼지들만 자욱하게 내려앉고 있었다.

ㅡ흠, 역시 나를 들 수 있는 자격을 갖춘 주인은 아무 데도 없는가?

놀랍게도 검이 생각을 하고 있었다.

자아를 갖춘 에고 소드!

보통 한 가지 이상의 특별한 속성을 가진 것을 매직 아이템이라고 한다.

레어 등급은 희귀한 마법들이나 속성이 부여된 것.

그보다 상급인 유니크는 전 대륙에 단 하나밖에 없는 무기나 방어구 들이 해당되었다.

하지만 유니크 급이라고 해도 다 같은 급수는 아니다. 고블린 족장이 들고 있는 지팡이와 대마법사의 지팡이가 하늘과 땅 차이인 것처럼, 유니크라고 해도 엄청난 격차가 있었다.

그중에서도 에고 소드는 최상급으로 분류된다.

일단 검 자체가 경험했던 전투를 기억하고 있다. 그러므로 다음에 다시 그 몬스터를 만난다면 약점들을 말해 주며, 스스로의 판단에 따라 정령술이나 마법을 사용할 수도 있다.

레벨 제한만 520!

아직 사용할 수 있는 사람도 없지만, 에고 소드는 자격을 갖춘 주인을 스스로 고른다.

위드도 그 자격에 해당되지 않아 평범한 검으로밖에는 보질 못한 것이다.

뱀파이어의 보물 창고에 있던 무기 중에 가장 최상급의 검은 그렇게 계속 어둠 속에 남아 있게 되었다.

KMC미디어에서 야심 차게 준비했던 방송 프로그램 '위드'.

뱀파이어 왕국 세이룬 마을에서 벌어지는 퀘스트들이라는 점이 시청자들의 호기심을 일단 자극했다.

베르사 대륙에서는 볼 수 없는 모험담이라서 시청자들이 모여들었다. 하지만 그 이상은 무리였다.

- 우리와는 관련도 없는걸.

- 보기만 할 뿐, 갈 수도 없는 곳.

하지만 북부 대륙에 대한 방송은 여전히 엄청난 인기를 끌었다.

유저들이 몰리면서 온갖 사건들이 다 벌어지고 있다. 막 새로 지어진 마을들이 있는가 하면, 몬스터들의 습격으로 인해 대규모 무리가 몰살하는 사건도 있었다.

퀘스트들을 해결하며 새로운 영웅담들이 매일 만들어질 정도였다.

북부에 대해서만 전문적으로 방송하는 게임 뉴스 프로그램의 시청률이 16%!

그에 비해 프로그램 '위드'의 초반 시청률은 저조한 2~4% 안팎을 차지했다.

뱀파이어 왕국은 당사자가 아니라면 가 볼 수 없으니 흥미가 떨어지는 게 이유였다.

-저 바보들!

-멍청이들. 먹보들.

-무식하게 하는 짓 좀 봐. 낄낄!

-1명이 십 인분도 넘게 먹어.

프로그램 '위드'의 시청자 게시판에는 악플러들만 넘쳐났다. 검치 들의 단순한 행동들이 시트콤을 보는 것처럼 유쾌했던 탓이다.

음식을 준비하고 먹을 때마다 엄청난 양의 식재료들이 사라지는 데 구경하는 재미가 있었다. 명태를 자라탕으로 속여서 먹일 때도, 유치하지만 즐거움을 주었다.

그렇게 3회가 지날 때까지 시청률은 답보 상태를 유지했다.

KMC미디어 방송국 내 바닥에서 3위 안에 드는 최악의 시청률이었다.

프로그램 '위드'와 관련된 연출부, 기획실 직원들은 일제히 경위서를 작성해야만 했다.

존경하는 국장님께

유저들의 흥미도를 미처 고려하지 못한……. 하지만 다양한 방송 편성 시도는 궁극적으로 방송국에도 도움이 되리라 보며…….

이것이 일반적인 연출자들의 경위서.

강 부장의 경위서는 달랐다.

친애하는 국장님께

얼마 전에 사모님께 장미꽃을 보내 드렸는데 무척 기뻐하셨습니다. …내내 평안하시기를 바라며 언제 골프라도 한번 치러 가시지요.

사회인으로서의 수준을 보여 주는 경위서였다.

강 부장이 애쓴 덕도 있었지만, 국장도 위드의 광팬이라서 시청률에는 연연하지 않았다.

"원숭이도 나무에서 떨어질 수 있으니, 실패도 있는 법이지."

방송국에서는 초반의 과도했던 기대를 어느 정도 접었다.

하지만 세이룬의 퀘스트가 끝나 갈 무렵부터는 시청률이 5.5% 대로 상승했다.

검치 부대의 전투 실력, 위드의 정성을 다한 요리와 재봉, 대장장이 기술, 다른 일행의 활약이 부각되며 시청률이 오른 것이다.

진짜 뱀파이어 왕국 토둠을 볼 수 있다는 기대감도 한몫을 했으리라.

그때쯤에는 위드가 진행하는 토둠의 퀘스트도 끝이 났다.

기획실, 연출부 모두 조마조마하게 지켜보았던 난이도 A급 퀘스트!

믿을 수 없게도 오합지졸로만 여겼던 그들이 연수 합격과 불굴의 투지를 보여 주며 성공시켰다.

방송국에서는 그날 회식을 열었다.

"만세!"

"이것으로 한동안은 마음 편히 살 수 있겠군."

"실시간으로 진행되는 퀘스트가 이렇게 조마조마하다니 말이야."

연출부 직원들은 묵은 체증이 풀린 듯이 후련한 얼굴이었다.

지금의 시청률이 바닥인 것은 사실이다. 그 때문에 광고도 다 팔리지 않았다. 1회마다 2시간짜리 편성으로 하려던 계획도 접어서 매주 1시간씩만 방송을 하고 있다.

하지만 앞으로 방송할 토둠에서의 모험, 방송국에서도 절대 불가능하다고 보았던 퀘스트들을 해결해 나가는 장면들이 방송된다면 시청률은 오를 것으로 기대되었다.

뱀파이어 왕국 토둠.

휴양을 즐기는 뱀파이어들이 있는 세이룬과는 달리, 화려하고 번잡한 도시였다.

흑마법 강습소, 지하 유물 판매처, 신선한 피를 언제든 마실 수 있는 매일 흡혈장 등. 뱀파이어들의 특성에 맞는 가게들이 많았다.

"유니콘의 부러진 날개 팜."

"페가수스 뿔도 판다."

"갓 잡은 양의 피. 어린 뱀파이어들에게는 먹을 만할걸."

검은 망토를 둘러쓰고 있는 뱀파이어 상인들.

그들이 오만하게 장사를 하는 것도 토둠을 구경하는 묘미의 하나였다.

마판이 시세를 확인해 보고는 눈을 빛냈다.

"대체로 재료 아이템 그리고 잡템의 가격이 싼 편이로군요."

유니콘과 페가수스 들과의 전투가 끝난 지 얼마 되지 않은 시점이었다.

놈들에게서 나오는 잡다한 물품들의 가격이 저렴했고, 예술품, 세공품, 보석 들이 비싼 가격에 팔렸다.

마판은 보유하고 있던 모든 양탄자와 모피, 보석 들을 꺼냈다.

"이렇게 많은 보석들을 팔겠다고? 원하는 뱀파이어들이 많으니 물량은 다 소화되겠군. 우리 토둠을 위해 힘을 써 준 인간이니 특별히 비싸게 사 주지."

마판은 흥정을 해서 보유하고 있던 물량을 전부 팔아 치웠다. 막대한 시세 차익을 거둔 것은 물론이고, 빈 마차는 돌아갈 때를 대비해 재료 아이템, 잡템으로 채웠다.

상인에게는 정말로 짜릿하기 짝이 없는 순간이었다.

"으하하하하!"

마판이 통쾌하게 웃는 사이에, 위드도 숨어서 회심의 미소를 흘렸다.

추후 모라타에서 납부하게 될 세금!

'아마 모라타에 다른 상인들, 혹은 모험가들이 납부해 놓은 세금도 많이 있겠지.'

위드는 모라타에 돌아갈 날이 은근히 기대가 되었다.

토둠에서는 엄청난 양의 퀘스트들이 기다리고 있었다.

뱀파이어들의 숫자가 워낙 많았기 때문에 쉬운 F급의 난이도를 가진 퀘스트에서부터 심지어는 B급까지도 간단히 받을 수 있었다.

다른 누구도 받은 적이 없는 퀘스트들이 널려 있는 황금의 땅이었다.

"우리와 같이 싸웠던 인간이군. 요즘 동쪽이 심상치 않아. 우리가 잠들어 있는 사이 무슨 일이 있었던 걸까? 조사해 주면 좋겠군."

몇 마디 말만 나눠도 간단히 내놓는 퀘스트들이 C급이나 B급의 난이도!

다른 사람들이 토둠에 올 수도 없으니 완벽한 퀘스트 독점이다.

"그럼 무슨 일인지 알아보도록 하죠."

일행 그리고 검치 들은 퀘스트를 받아들였다. 위드도 의뢰를 수행하려고 했다.

"동쪽의 일들을 상세히 조사하고 돌아오겠습니다."

그런데 뱀파이어가 고개를 젓는 것이었다.

"자넨 안 돼."

-퀘스트 수행을 거부당하셨습니다.

"네?"

위드는 황당한 상황에 잠시 머뭇거렸다.

명성이나 레벨이 부족해서 퀘스트를 받지 못하는 경우란 흔히 있다. 그런데 페일이나 제피, 심지어는 검치 들까지 받아들인 퀘스트를 거부당한 것이다.

"자네는 특별히 해 줘야 할 일이 있네."

그 말에 위드의 눈이 반짝반짝 빛났다.

"중요한 일입니까?"

"그럼. 아주 중요한 일이고말고."

다른 동료들은 뱀파이어의 선택을 받지 못했다. 오로지 위드만이 선택되었다.

그렇다는 것은 매우 특별한 퀘스트가 기다리고 있다는 뜻!

이 순간 일행은 매우 부러운 표정을 지었다.

"역시 위드 님이구나."

"우리와는 다른… 뭔가가 있는 분이니까."

위드는 일행에게 미안한 표정을 지어 보였다. 하지만 격한 기쁨에 입 꼬리가 슬며시 올라가 있는 미안한 썩은 표정!

위드가 뱀파이어에게 신중하게 물었다.

"앞으로 제가 해야 할 모험이 무엇인지요? 어떤 힘들고 외로운 일이라도 저에게 맡겨 주신다면 충실히 이행하겠습니다."

"모험이라니. 그게 아닐세. 자네도 알다시피 지난 전투에서 우리가 사는 도시가 심하게 파손되었어. 거리에 있던 석상들도, 성안에 있던 조각품들도 크게 파괴되었지."

"……."

갑자기 조각술에 대한 이야기가 나오자 위드는 심하게 불안해졌다. 불행히도 그 나쁜 예감은 틀리지 않았다.

"내가 간직하고 있던 '사과를 들고 있는 어린아이 상'도 파손이 되어 버렸지 뭔가. 밤마다 일어나서 제일 먼저 보던 조각품인데……. 그래서 뛰어난 인간 조각사인 자네가 그 조각상을 수리해 줬으면 좋겠어. 당연히 가능하겠지?"

띠링!

부서진 사과를 들고 있는 어린아이 상
뱀파이어 멧손이 36년 전에 120골드를 주고 구입한 조각품!

아끼던 조각품이 전투로 인하여 심하게 파괴되었다. 조각품을 보수하는 데에는 상당히 뛰어난 눈썰미가 필요할 것이다.

난이도 : F

보상 : 유니콘 깃털 3개.

퀘스트 제한 : 조각사 한정.

퀘스트를 거부할 시에는 멧손의 신뢰도 하락.

"……."

위드는 말을 잃었다.

절대로 원치 않는 시기에 직업 퀘스트의 발동!

뱀파이어가 진지하게 물었다.

"매우 뛰어난 경지에 이르도록 조각술을 탐구한 인간으로 알고 있는데, 조각품에 애정이 없었으면 불가능했을 거야. 그러니 내 의뢰를 거절하지는 않겠지?"

위드는 당연히 거절하고 싶었다.

"죄송합니다. 예술이란 열정이고 창조입니다. 새로운 창조에 전념하느라 제 머릿속이 너무 복잡하여 맡을 수가 없습니다."

다른 의뢰가 없다면 모르지만, 널려 있는 보상 큰 의뢰들을 놔두고 조각품 수리 따위는 하고 싶지 않다는 게 솔직한 심정이었다.

물론 돈만 많이 준다고 하면 어떤 일이든 받아서 했겠지만 보상으로 유니콘 깃털 3개는 아쉬움이 많았다.

뱀파이어는 적잖게 실망했다.

"그래? 내가 인간을 잘못 본 모양이군."

-퀘스트를 거부하셨습니다.
뱀파이어 멧손의 불신을 받게 됩니다.

위드는 눈치를 살살 보며 말했다.

"조각품 수리 대신에 그럼 저는 동쪽의 일을 조사하는 것을 돕겠습니다."

뱀파이어는 다시 고개를 저었다.

"자넨 안 돼."

-퀘스트 수행을 거부당하셨습니다.

다른 동료들은 다 받은 퀘스트를 위드에게만 주지 않는 것이었다.

"조각품 수리도 안 해 주는 인간에게 그런 일을 맡길 수는 없지."

"……."

완전히 난처한 지경에 빠져 버리고 만 상황!

위드가 썩은 표정을 짓고 있을 때, 다른 일행은 배를 잡았다.

"킥킥킥."

"아이고, 웃겨라."

"정말 재밌다. 위드 님이라고 해서 매번 굉장한 퀘스트만 하는 줄 알았는데 저런 경우도 있구나."

제피, 마판, 이리엔, 메이런, 화령, 세에취가 웃고 있었다.

위드는 훗날 앙갚음을 할 수 있도록 그들의 이름을 잘 기억해 두었다.

하지만 지금은 퀘스트가 우선이었다.

"사실 생각해 보니 사과를 들고 있는 어린아이 조각상을 수리하고 싶어졌습니다."

뱀파이어는 퉁명스럽게 거부했다.

"이미 조금 전에 내 조각상의 수리를 거부했지 않은가? 그러면서 이제 와서 다시 내 조각상을 수리하고 싶다고?"

"예. 예술품들을 보는 안목이 있으신 멧손 님께서 간직하고 계셨던 조각품이니 충분히 원상태로 돌려놓을 가치가 있지 않겠습니까? 새로운 창조가 중요하긴 하지만, 먼저 멧손 님께서 간직하고 계신 조각품을 보고 싶어졌습니다."

뱀파이어는 헛기침을 했다.

"흠! 그래도 인간, 너처럼 뛰어난 재주가 있는 조각사에게는 하찮은 것에 불과할 텐데."

"예술에, 조각에 좋고 나쁜 것이 어디 있습니까? 모든 조각품은 저에게 있어 돈, 아니 그 이상이며, 아름다움이고, 고귀한 가치를 가지고 있는 거지요."

"그렇게까지 말해 주니 기분이 조금 풀리는군. 그러면 내 조각품을 수리해 줄 텐가?"

"제가 꼭 하고 싶던 일입니다."

–퀘스트를 수락하셨습니다.

일행과 검치 들은 퀘스트를 하러 떠났다.

위드가 보상도 시원찮은 퀘스트를 받아들인 것에는 의도가 있었다.

'대충 해 놓고 의뢰를 받아 따라나서야지.'

뱀파이어가 가져온 조각품은 심하게 파손되어 있었다.

소년의 목 부분이 떨어져 나갔고, 사과는 누가 한 입 베어 먹은 것처럼 푹 파였다. 몸통이나 다리에도 자잘한 실금들이 가고, 파편들에 맞아서 깨진 곳들이 많았다.

"목은 붙이면 되겠는데, 어린아이치고는 머리가 너무 크군. 오랫동안 무게를 지탱하기 위해서는 추가적인 조치가 필요하겠어. 사과는 교체를 하는 편이 낫겠지. 3시간 정도면 끝나겠군."

견적은 금방 나왔다.

작업의 첫 번째 과정으로 위드는 우선 경화제를 밀가루처럼 반죽했다.

사물들, 특히 돌을 접착시킬 때 쓰는 경화제는 건축가 상점이나 조각품 상점에서 흔히 판매한다. 토둠에도 판매하는 곳이 있었고, 없더라도 자연 상태에서 획득할 수 있었다.

위드는 조각품을 만들 때에 실수를 하더라도 다시 붙이거나 했던 적은 없다.

한 통에 2실버 하는 경화제가 아까웠기 때문!

경화제로 감당할 수 있는 무게에도 제한이 있었다. 그래서 거대 규모의 조각품들을 만들면서부터는 아예 쓸 수도 없었지만, 대충의 용도 정도는 알았다.

"우선 머리를 제대로 해 놔야지."

위드는 떨어져 나간 목에 못을 박았다.

땅땅땅!

얼핏 보면 잔인하기 짝이 없는 모습!

하지만 조각품 수리를 위해서는 필수적인 일이었다.

사실 서윤을 조각하면서 내내 죄책감에 휩싸였던 이유도 몸을 조각하던 때의 일 때문이었다.

완성된 조각품을 볼 때는 아름답기 그지없지만 실제로 조각품의 특정 부위들을 만들 때에는 심한 집착을 보이는 변태나 다름없다.

몸매를 섬세하게 표현하기 위해서는 깊은 관찰을 해야 하고, 그 부위를 섬세하게 표현해야 한다. 가슴을 어루만지고, 엉덩이를 보기 좋게 다듬어야 된다.

조각사들, 혹은 예술가들이 사람들이 없는 곳에서 혼자 작업만 하다가 성격이 괴팍하다거나 변태 소리를 듣는 것도 이유가 있는 것이다.

솔직히 위드도 이런 부분에서는 떳떳한 편은 아니었다.

서윤의 얼굴을 조각할 때에는 유독 입술에 공을 들인다. 그리고 가슴과 엉덩이를 조각할 때 괜히 얼굴에 붉게 홍조를 띠었다.

조각품을 만들면서도 가장 즐거운 순간!

위드도 은근히 음흉한 남자였다.

"다 됐다."

위드는 큼지막한 못을 박아 놓은 뒤에 경화제를 바르고 머리를 꽂았다.

몸통과 머리가 못으로 연결이 되어 있으니 웬만해서는 다시 떨어질 일은 없으리라.

"다른 부분들도 어서 손을 봐야지."

소년이 들고 있는 사과는 비슷하게 깎아서 교체했다. 경화제를 바르면 사과의 둥글면서도 탐스러운 곡선이 잘 표현되지 않기 때문이다.

몸통이나 다리에 있는 자잘한 파손 부위에는 미끈하게 경화제를 채워 넣는 정도로 끝을 냈다.

대충 수리해 줄 작정이었지만, 위드의 성격상 한번 손을 대면 완벽하게 끝을 내지 않고서는 직성이 풀리지 않는다.

훌륭하게 수리가 된 조각품을 본 뱀파이어는 크게 기뻐했다.

"인간! 역시 인간들에게는 우리 뱀파이어들이 갖지 못한 잠재력이 있어."

퀘스트 보상으로 유니콘 깃털 3개도 얻었다.

–조각품의 완벽한 수리로 뱀파이어 멧손의 신뢰를 받게 되었습니다.

이젠 다시 퀘스트를 하기 위해 가야 하는 상황!

위드는 의뢰를 받아서 떠나려고 했다. 하지만 그를 기다리고 있는 뱀파이어는 하나 둘이 아니었다. 어느새 수백이 넘는 뱀파이어들이 주변에 모여든 것이다.

"우리 집에 있는 조각품도 수리를 필요로 하는데 도와줘야겠어, 인간. 보상으로는 15골드를 주지."

"깨진 내 동상을 다시 복원할 수 있을까? 어렵겠지만 복원할 수만 있다면 좋을 텐데……."

"내 성의 성벽에 새겨진 조각들이 뭉개졌어. 빨리 와서 고쳐 줘!"

뱀파이어들이 우르르 와서 조각술의 의뢰를 맡겼다.

위드의 얼굴이 처참하게 구겨졌다.

원하는 전투 의뢰를 뱀파이어들은 주지 않았다.

이미 퀘스트를 해결해 놓은 뱀파이어 멧손도 마찬가지였다.

"내 동족들이 그대의 힘을 매우 필요로 하는군. 위대한 조각술을 보여 주게. 그대 한 사람의 도움으로 토둠의 조각품들이 과거의 화려함을 되찾게 될 거야."

빼도 박도 못하고 조각품 수리를 할 수밖에 없는 환경에 맡겨진 것.

뱀파이어들이 맡기려는 의뢰의 개수는 수백 개가 넘었다.

'저것들을 다 끝내지 못하면 보상이 짭짤한 의뢰들도 받을 수 없어.'

위드는 극단의 노가다를 개시했다.

첫날.

8개의 조각품들을 수리했다.

외관은 구석구석 꼼꼼하게 다듬었고, 전체적인 비율들까지 맞췄다. 손상된 부분들은 많아도 고치기는 어렵지 않은 F 난이도의 의뢰들이었다.

둘째 날부터는 난이도가 올랐다.

뱀파이어 1마리가 맡기는 물건들이 여러 개인 경우도 있었고, 재질도 다양했다. 특히 파손이 심한 나무로 만든 조각품을 복구하는 일은 위드라도 힘들었다.

E급의 퀘스트.

"이건 차라리 새로 만들어서 주는 편이 낫겠군."

위드는 조각품들의 잔해를 조립해서, 일부는 다시 비슷하게 만들었다. 손재주와 조각술 스킬이 있긴 하지만 그보다는 눈썰미가 많은 도움이 됐다.

토둠을 정찰하면서 그리고 전투를 치르면서 거의 모든 조각품들의 멀쩡한 모습들을 한 번씩 봤다.

전사였다면 진열되어 있는 조각품들은 흔한 장식품으로 여기고 지나쳐 버리면 그걸로 끝이다. 하지만 조각사라는 직업을 가진 위드는 꼼꼼하게 보고 기억을 해 두었다.

'외워 두었다가 나중에 써먹어야지.'

모방을 위한 암기!

그 기억이 조각품들을 복원하는 데 큰 힘이 되었다.

그렇게 사흘이 지났을 때에는 29개의 E급 난이도 퀘스트를 마쳤다.

명성이나 보상은 여전히 형편없는 수준이었다.

"그래도 아직 수리해야 될 조각품들은 많아."

위드는 퀭한 눈으로 의욕을 다졌다.

토둠에 부서진 조각품들의 양은 엄청났다. 길거리를 가다가도 쉽게 발에 차일 정도였다.

레벨을 올리고 아이템 보상이 짭짤한 전투 퀘스트는 하지 못해도, 조각술 퀘스트가 있다. 조각품들을 복구하면서 약간이지만 경험치를 얻고 명성과 스킬 레벨도 향상시킨다.

긍정적으로 여기니 조각사에게는 꿈만 같은 기회였다.

-수리를 마쳤습니다.

-조각술 스킬의 숙련도가 향상되었습니다.

-명성이 2 올랐습니다.

-예술 스탯이 1 상승하셨습니다.

-조각품에 대한 이해의 스킬 레벨이 1 상승하였습니다.

위드는 1달간이나 토둠의 조각품 복구에 매달렸다.

널려 있는 조각품 퀘스트들!

보통 조각사들은 놀면서 적당히 설렁설렁 했을 테지만, 위드는 그럴 수가 없었다.

'빨리 끝내 버려야 돼. 그리고 전투를 해야지.'

조각술 퀘스트는 보상이 그리 크진 않았기에 열심히 매달려야 했다. 그러면서도 사소한 조각품 하나라고 해도 흠집 하나 없이 꼼꼼하게 수리를 했다.

칠이 벗겨진 곳에는 새로 칠을 해 주고, 복원이 불가능할 정도로 파손이 심한 경우에는 똑같이 하나를 새로 만들어야 했다.

조각품은 예술품!

만든 조각사의 개성이나 감성이 그대로 묻어나 있었다. 게다가 오래된 예술품들은 역사적인 가치를 가지고 있기에 다시 만드는 건 현명한 판단이 아니다.

웬만큼 까다롭고 복잡한 작업이 아니었지만 위드는 오히

려 편했다.

"상당히 색다른 경험이 되는군."

사악하게 생긴 몬스터를 보면, 그 몬스터를 모델로 삼아 조각술을 펼쳐 왔다. 스승도 없이 위드 나름대로의 표현법을 발달시켜 온 셈이다.

손재주를 이용하여 최대한 정밀함을 살리고 사물의 근본에 기반을 둔 표현법!

다른 조각사들이 만들어 놓은 작품들을 똑같이 만들면서 얻는 게 컸다.

"이런 식으로도 조각품을 만들 수 있다니……."

위드도 잘 알지는 못했지만, 몇몇 조각품들에는 주제들이 있었다.

대지, 하늘, 태양을 닮은 여성들을 조각해 낸다. 여성들이 가진 매력을 표현하면서 다른 사물의 특징들을 담아내는 것이다.

절묘하게 어우러지는 아름다움!

조각품들을 복원할 때마다 조각술과 손재주의 숙련도도 올랐다.

"명작이나 대작을 새로 만들 때와는 비교할 수 없는 숙련도이지만 쌓이니 제법 되는군."

위드의 조각술 스킬과 손재주는 고급 4레벨!

2개의 스킬 숙련도가 각기 54%, 42%였다.

초기에 조각술을 익힐 때에는 손재주가 굉장히 빠른 속도로 늘었는데, 고급의 과정에 오르니 오히려 더 늘어나지 않는다.

"고급 조각술은 손재주만으로는 이루어지지 않는다는 건가?"

위드는 그렇게밖에 추측할 수 없었다.

조각술 하나만으로 손재주를 마스터한다는 것은 매우 어렵다.

손재주 마스터는 아직 어느 누구도 개척하지 못한 영역!

조각품을 만들 때에도, 생산 스킬들을 활용할 때에도, 심지어는 전투를 할 때에도 손재주의 영향은 막대하다.

"손재주만 마스터한다면 적어도 전투 직업들에게 꿀릴 일은 없을 테지."

전투 계열 직업보다 오히려 훨씬 더 강한 공격력을 갖게 될 것이다.

2차 전직을 마친 기사나 전사 들은 체력도 늘어나고 공격력도 훨씬 강해진다. 검치 들만 봐도, 레벨은 낮지만 전투력만큼은 뛰어났다.

위드도 약한 편은 아니지만, 전투 능력의 성장 속도만큼은 비교할 바가 아니다.

손재주, 조각품을 만들며 얻은 스탯.

이런 점들을 감안하더라도 검치 들의 전투 효율성에는 비할 바가 아니었다.

생명력과 맷집, 체력부터 뛰어나서, 쉬지 않고 싸울 수 있다는 점이 가장 부러웠으니까.

"조각품에 생명 부여, 조각 검술, 조각 파괴술, 조각 변신술. 이런 것들이 있어서 사형들에게 밀리지는 않겠지만……."

결국 위드의 전투 능력 중 상당 부분은 조각술과 관련이 있었다.

캐릭터를 이해하고 성장시키는 능력은 중요하다.

위드는 누구보다 잡캐의 특성에 맞춰서 최적화된 성장을 했다. 그 덕에 비슷한 레벨 대에서는 적수를 찾기 어려울 정도였다.

낚시로 익힌 생존 기술 덕에 체력과 생명력이 남다르다. 여기에 검 갈기, 방어구 닦기, 다림질 등의 생산직 계열 스킬까지 사용한다면 절대로 보통의 조각사로 볼 수는 없다.

"더 많은 경험을 해야 돼. 안 만들어 본 것들을 만들어 보고 전투도 해야 돼. 다양한 분야에서 경험을 쌓아야, 모든 분야에 영향을 미치는 손재주의 마스터가 될 수 있겠지."

그 외에 조각품에 대한 이해 스킬은 정말 빠르게 올랐다.

어느새 300개가 넘는 조각품을 수리하고, 스킬의 레벨은 중급 7레벨이 되었다.

조금만 더 성장시킨다면 고급이 될 수도 있을 것 같았다.

그렇게 되면 꿈에만 그리던 대형 몬스터로 변신을 할 수 있다.

"거대 위드. 나쁘지 않겠군!"

위드는 흡족하게 웃으면서 조각품을 수리하는 손을 분주히 움직였다. 조각 변신술도 잘만 쓴다면 조각술의 부족한 점들을 메우기 좋은 스킬이었으니까.

"푸치히히히히힛!"

위드가 천박한 웃음을 터트렸다. 오크 카리취의 강하고 거칠 것 없던 시절을 떠올리면서 말이다.

그리고 그 광경을 뱀파이어들은 똑똑히 봤다.

"미쳤군."

"정상이 아냐."

"저 인간의 피는 절대로 마시지 말아야겠어."

베르사 대륙의 시간으로 무려 2달하고 반.

검치 들과 일행은 토둠에 돌아올 때마다 놀랐다.

파괴되어 있던 조각품들이 멀쩡한 모습으로 바뀌어 가고 있었다.

위드의 노력을 보면서 감탄을 금치 못할 정도였다.

페일은 경건한 마음마저 들었다.

"인간이 아냐. 어떻게 저렇게 부지런히 일을 할 수 있지? 저렇게 많은 조각품 수리를 끝마치는 것은 불가능하다고 여겼는데……."

화령은 눈을 반짝였다.

“정말 무슨 일이든 포기하지 않고 몰두하는 남자가 멋있어.”

위드의 끈기와 의지력은 10대 시절부터 이미 형성되었다.

평생의 가치관이 심기는 중요한 시기!

사채업자들로부터 혹독하게 시달리면서 인생을 배웠다.

돈!

독기!

처절함!

세 가지를 빼놓고는 위드를 이야기할 수 없을 정도였다.

그렇게 장장 2달 반에 걸친 수리 끝에 위드는 토둠의 조각품들을 전부 수리했다.

믿기지 않는 공적이었다.

가장 수리하기 어려운 조각품들의 퀘스트 난이도는 B급!

이제 조각술 스킬의 레벨은 고급 4레벨 후반이었고, 손재주도 마찬가지였다. 조각품에 대한 이해 스킬은 중급 9레벨로, 이제 금방 고급을 넘볼 수 있을 정도다.

조각술이 고급 4레벨 중반을 넘을 때부터는 귓가에 신비한 소리도 들렸다.

— 나를 조각해 주세요.

— 세상에 보이고 싶어요.

— 당신이라면 할 수 있을 거예요.

— 힘을 내요. 힘을 내!

조각품을 수리할 때마다 환청이 들려온다.

하나의 목소리도 아니라, 신비로운 여러 가지의 음성들.

"뱀파이어의 장난인가?"

위드는 그럴 때마다 신경을 곤두세워서 주변을 돌아봤지만 아무도 없었다.

뱀파이어들의 은신술, 특히 밤에 숨어서 돌아다니는 능력은 발군이다.

의심을 버리지 못한 위드는 대낮에 사방이 훤히 보이는 광장에서 조각을 하기도 했다.

— 나를… 나를 조각해 주세요.

신비한 목소리는 바로 근처에서 들려오는 것 같았다.

— 제발. 저를요. 저의 모습을 조각해 주세요.

예리한 눈을 치켜뜨고 주위를 둘러보았지만 뱀파이어는 보이지도 않았다. 대체로 대낮에는 잠이 드는 습성을 가지고 있으니 이 시간에 나올 까닭도 없다.

목소리는 바로 곁에서 너무도 생생하게 속삭이는 것만 같았다.

때론 험악한 음성들도 들렸다.

— 어서 날 조각해! 다 죽여 버리겠다. 모두 죽여 버리겠어.

— 힘을 갖고 싶나? 그러면 나를 조각해라. 크크크큭. 조각술로 이 세상을 지옥으로 만드는 거야.

— 분노하라. 화를 내라. 너를 괴롭히는 모든 것들에 복수

를 해.

메마르고 처절한 남자의 목소리도 들렸다.

위드의 귓가에 수십 개의 음성들이 들려오면서 귀찮게 굴었다.

"대체 뭘 조각해 달라는 거야?"

귓가에 들리는 음성들의 정체를 알 수 없었다.

그들은 자신에 대해서는 조금도 이야기하지 않으면서 어린아이처럼 조각을 해 달라고 떼를 쓰기만 했다. 마치 위드가 알아서 조각을 해 주기를 바라는 듯이.

"정말 모르겠군."

위드는 대상을 정하지 않은 채로 조각술을 펼쳤다.

평범한 인간 남자와 여자를 조각했다.

많은 조각품들을 수리하다 보니 안목이 늘어서 걸작 조각품을 만들어 낼 수 있었다.

하지만 정체를 알 수 없는 목소리들은 실망을 드러냈다.

— 이게 아니에요.

— 저는 이런 모습이 아니랍니다.

— 유능한 조각사인 줄 알았는데.

한동안 다시 귓가에 아무 소리도 들리지 않았다. 그러다가 조각품들을 수리하면 옆에서 속삭이듯이 말을 건네 온다. 자신들을 조각해 달라고!

그런 시달림을 받으면서 위드는 조각품들을 몽땅 수리

했다.

퀘스트에 대한 보상으로 기사용 장검, 장갑, 갑옷, 대형 도끼, 잡템 등을 엄청나게 많이 모아 두었다.

어디에 버려 놓아도 끄떡없이 살아남을 것 같은 적응력!

그렇게 토둠의 조각품들을 모두 복구시켜 놓은 조각사가 페일 일행과 검치 들의 앞에 서 있었다.

어딘가 모를 위압감마저 느껴졌다.

'노가다의 황제.'

'신이 내린 노가다꾼.'

메이런이 납득할 수 있다는 듯이 고개를 끄덕였다.

"마법의 대륙의 위드. 우연이 아니라 이유가 있었어."

너무 큰 목표가 나타났을 때에도, 포기하기보다는 몸을 움직여서 조금씩이라도 해결해 나간다. 그런 노력들이 쌓여서 결국 퀘스트들을 해결해 버리는 것이었다.

위드는 후련한 듯이 얘기했다.

"됐습니다. 이제 저도 원정에 따라나서겠습니다."

검치 들은 다른 곳을 쳐다보며 딴청을 피웠다.

페일과 동료들은 서로 눈치만 보았다.

'페일 님, 말하세요.'

'저보다는 화령 님이 나을 것 같은데.'

'전 몰라요. 위드 님에게 미움받기 싫단 말이에요.'

'그래도 설명은 해 줘야…….'

그러다 결국 페일이 나섰다.

"바로 사냥을 가시려고요?"

"예. 준비는 끝났습니다. 토둠에 있으면서 조각품 수리 퀘스트로 얻은 식재료들도 많습니다. 요리할 준비도 되었고요. 숫돌도 많이 모아 놨습니다. 어디서든 싸울 수 있죠."

위드는 토둠에 있으면서 전투에 대한 대비를 단단히 해 놓았다. 그런데 페일은 기대를 깨서 어쩔 수 없다는 듯이 고백했다.

"죄송합니다, 위드 님. 실은 우리도 웬만한 퀘스트들은 다 깼어요."

"……."

위드의 얼굴 표정이 일그러졌다.

페일이 지금껏 봐 온 표정 중에 가장 썩은 표정!

그럼에도 설명하지 않을 수 없었다.

"난이도 C급, D급 들은 다 했습니다. 사냥터마다 중복된 퀘스트가 있어서 쉽게 달성했죠."

"B급 난이도 퀘스트들이 있을 텐데요?"

"그것도 어지간한 것들은 모두 성공을……."

"……."

"사실 몇 개 못 한 게 있긴 한데요."

"그래요?"

위드의 표정이 급격하게 밝아졌다. 그러나 다시금 우울하게 만드는 페일의 목소리.

"퀘스트 자체가 막혀 버린 경우였습니다. 어긋난 반대쪽 의뢰들을 받아들여서 퀘스트를 못 하게 된 거죠. 그리고 몇 개의 퀘스트는 위험도가 너무 높았습니다. 검치 님들이 너무 많이 죽어서 더 이상은 진행할 수가 없어 포기했습니다."

위드가 없는 동안 그들은 퀘스트에 푹 빠졌다.

뱀파이어의 의뢰라는 점이 꺼림칙하지만 보상이 짭짤했고, 수준 높은 퀘스트들을 맘껏 할 수 있다는 점이 기뻤다.

레벨을 올리기 위해 전투만 하는 것보다는 퀘스트를 같이 수행하는 편이 2배 이상의 효율을 보인다. 퀘스트 경험치, 명성, 보상까지 받을 수 있고, 그들의 활동으로 토둠의 뱀파이어들의 영역이 넓어진다.

뱀파이어들과 같이 엮여서 진행하는 퀘스트들은 기본!

소수 종족들과의 교섭 퀘스트도 있었다.

잠에서 깨어나 날로 강성해지는 뱀파이어들의 억압을 피해 다른 터전을 구하려는 소수 종족들.

그들을 위해 안전한 영역을 찾아 주었다. 마판의 퀘스트에는 소수 종족들을 위한 보급 물자 조달 퀘스트까지 있었다.

그렇게 2달 정도 만에 토둠은 새로운 질서를 확립했다.

뱀파이어들이 주류를 이루는 땅!

소수 종족들은 숲이나 동굴에서 평화로운 그들만의 생활을 일구어 간다.

위협적인 몬스터들은 퀘스트로 사냥을 했고, 또 그들이 필요한 물건이나 잃어버린 아이들도 찾아 줬다.

토둠의 알짜배기 퀘스트는 거의 다 끝난 셈이다.

원래 퀘스트란 상황이 변하는 것에 따라 끝없이 이어진다.

로열 로드 최고의 장점.

지금도 퀘스트가 아예 없는 건 아니지만 새 질서가 완전히 확립되다 보니 당장 큰 사건이 일어나진 않는다. F급이나 E급의, 초보자들이나 할 수 있는 정도의 의뢰밖에는 생겨나질 않았다.

뱀파이어 왕국 토둠 자체가 베르사 대륙의 광활함에 비교하면 손바닥만 한 곳이니 존재하는 퀘스트의 개수에도 한계가 있는 것이다.

위드가 조용히 말했다.

"제가 수리만 하는 동안 그런 좋은 의뢰들을 하셨군요."

"네. 뭐… 그런 셈이죠. 하지만 위드 님도 퀘스트는 많이 하셨잖아요."

위드 또한 명성도 많이 획득해서, 유니콘과 페가수스를 사냥하며 줄어든 과거의 명성을 삼분의 이 정도 복구했고 조각술 스킬도 발전시켰다.

고급 스킬에서는 레벨 하나를 올리기가 정말로 어렵다. 성과로 본다면 적은 편은 아니었다.

그래도 위드는 배가 아팠다.

“어떻게 토둠까지 왔는데, 정작 변변한 의뢰들은 하나도 하지 못하다니…….”

아쉬움이 진하게 묻어 나오는 발언에 페일은 변명할 말을 잃었다.

솔직히 그들을 토둠에까지 끌고 온 것은 위드가 맞으니까.

중간에 별별 생고생을 다 하긴 했지만, 그래도 함께 싸워서 난이도 A급의 퀘스트도 성공시켰다.

위드가 발휘했던 영향력은 절대적!

그 당사자를 내팽개쳐 두고 2달 반 동안 퀘스트를 해치웠으니 실망하더라도 어쩔 수 없는 일이었다.

사실 페일도 퀘스트를 진행하면서 그 점이 가장 마음에 걸렸다.

하지만 퀘스트를 안 하면, 검치 들과 그들이 딱히 할 일이 없었다. 언제 끝날지도 모를 조각품 수리. 그들이 보기에는 영영 끝나지 않을 의뢰의 마무리를 기다리며 한정 없이 놀고만 있을 수는 없었던 것.

그렇게 하나 둘 퀘스트를 하다 보니 어느덧 정신없이 달려왔다.

위드가 주변을 둘러보다 검둘치를 향해 물었다.

“그런데 사형.”

“응?”

“사형들의 숫자가 많이 줄어든 것 같습니다.”

"그게, 싸우던 와중에 좀 죽었다."

유니콘과 페가수스의 대혈전이 끝났을 때 남아 있던 검치들은 174명!

퀘스트를 진행하면서 꾸준히 숫자가 줄어들어서 이제 102명만이 남았다.

이들은 검치 들 중에서도 최정예라고 할 수 있었다. 레벨도 가장 높은 축에 들었으며, 검둘치를 비롯한 사범들도 고스란히 살아남았다.

위드는 판단을 내렸다.

'지금 이대로라면 더 이상의 퀘스트를 하는 건 무리야.'

토둠은 뱀파이어들이 지배하는, 그리 크지 않은 왕국이다. 그럼에도 퀘스트들이 더 남아 있을 수 있다.

위드의 명성과 친밀도를 높이는 아부 능력이라면 마른 수건을 비틀어 짜듯이 퀘스트를 받아 낼 수도 있으리라. B급이 남아 있을 수 있고, A급도 어딘가 숨어 있을지 몰랐다.

하지만 검치 들이 너무 많이 죽었다.

위드가 없으니 붕대 감기도 안 되고 검 갈기, 방어구 닦기도 불가능하다. 요리의 혜택도 볼 수 없었으니 남은 사람들로서는 최선을 다해서 여기까지 진행을 해 온 것.

희생이 심했다.

'여기서 그쳐야 돼. 더 이상 사형들이 죽는다면 전력이 너무 줄어든다. 그때는 가장 중요한 곳을 오르지 못하게 되겠지.'

위드는 결정하고 나서, 지금껏 조각품을 수리했던 토둠의 가장 높은 탑을 올려다보았다.

"마지막으로 할 수 있는 일은 하나밖에 없겠군요."

고대인이 지었다는 영웅의 탑!

이름 없는 뱀파이어가 말했던, 중급 수련관이 있다는 장소다.

위드의 몸이 뜨거워졌다.

천공의 도시 라비아스에서 다인과 헤어진 이후에 올랐던 초급 수련관!

사자후를 배우고 힘을 50이나 늘릴 수 있었다.

'기초 수련관을 통과했던 사람이 3,800명 정도. 초급 수련관은 사백 번째로 통과했다. 그 후에 많은 사람들이 수련관을 통과했을 테지.'

검치 들만 해도 대거 초급 수련관을 통과하고 무예인으로 전직을 했다. 베르사 대륙에 있는 유저들이라고 그러지 말라는 법이 없다.

이미 라비아스도 공개된 마당이니 지금이라면 꽤 많은 숫자가 초급 수련관을 통과했다고 보아야 한다.

'초급 수련관을 몇 명이나 통과했는지는 관심이 없어. 중요한 것은 중급 수련관. 나보다 앞서 있는 사람들을 따라잡아야 된다.'

토둠에서 중급 수련관을 통과하기란 매우 어려운 조건이

었다. 어떤 시험이 기다리고 있을지는 몰라도, 여기서는 죽으면 그걸로 끝이다. 더 이상 토둠에 머무를 수가 없으니 기회는 오직 한 번!

마법의 대륙에서 위드는 전쟁의 신이었다. 모든 전투를 승리로 이끌면서 절대적인 존재가 되었다.

그 위드의 끓어오르는 피가 어디로 간 것은 아니었다.

위드가 말했다.

"영웅의 탑을 오르기 전에 꼭 해야 할 일이 있습니다."

결의에 차 있는 그의 음성은 강한 신념을 갖고 있었다.

"먼저 잡템의 탑부터 해체해야 됩니다."

"……."

잡템을 산처럼 쌓아서 만든 대형 조각품!

단돈 1쿠퍼짜리 잡템에도 벌벌 떠는 위드가 이것을 잊을 리가 없는 것이다.

The Legendary Moonlight Sculptor

영웅의 탑

검치 들을 이끌고 야심 차게 영웅의 탑에 오른 위드!

“인간들이로군. 감히 허락도 없이 이곳에 발을 들이다니.”

간신히 몸을 가릴 정도로 원시적인 가죽 옷을 입고 있는 고대인, 헤라임들이 쌀쌀맞게 말했다.

“인간들이여, 이곳은 고대의 무술을 배우지 못한 자는 통과할 수 없는 곳. 지금 돌아간다면 생명만큼은 보전할 수 있을 것이다.”

헤라임들은 야수형 인간을 닮았다.

몸 전체에 거친 털이 숭숭 나 있으며, 손과 발, 머리도 컸다. 근육질의 몸은 터질 것처럼 팽창되어 있어서 전투에 최적화된 종족이란 것을 알 수 있게 해 주었다.

위드는 검치 들이 사고를 치기 전에 서둘러 나섰다.

"우리가 이곳에 온 까닭은 스스로를 시험하기 위해서입니다."

헤라임들은 곧바로 반응을 보였다.

"시험이라고?"

"나약한 인간 주제에 초급 수련관을 통과했단 말인가?"

영웅의 탑 1층에 있는 헤라임들이 웅성거렸다.

위드는 빠르게 말했다.

"그렇습니다. 초급 수련관을 통과하여, 이곳 영웅의 탑을 찾아왔습니다. 우리의 강함을 시험하기 위해서지요."

그러자 늙은 헤라임이 다가왔다.

"밖에는 검은 박쥐 놈들이 있을 텐데. 놈들을 물리치고 이곳에 인간이 올 줄은 몰랐군."

"……."

위드는 뱀파이어들과 결탁하여 그들의 의뢰를 받아 돈을 벌었다는 사실은 조금도 말하지 않았다. 짧은 순간, 헤라임들의 특성을 파악한 것이다.

'수련관의 교관들이라고 봐야겠지. 힘을 숭상하고, 땀을 흘리는 것을 좋아한다.'

다행히도 늙은 헤라임은 뱀파이어들에 대해서는 묻지 않았다.

"인간들의 의지는 알겠다. 나약한 인간들이 초급 수련관을 통과하기란 쉽지 않았겠지. 하지만 이곳은 다르다. 원하는 것이 시험이라면 목숨을 걸어야 한다."

"힘을 얻기 위해서는 대가를 치러야 된다는 사실을 알고 있습니다. 박해받는 인간들을 구원하고, 세상의 정의를 바로 세우기 위해서 우리는 각오가 되어 있습니다."

누가 보면 위드를 의협심이 넘치는 기사쯤으로 착각할지도 모르는 광경.

늙은 헤라임이 고개를 끄덕였다.

"그 정도의 각오가 되어 있다면 충분하겠지. 1층에서는 인내하는 법을 알아야 할 것이다. 2층에서는 걷고 싶지 않은 길을 걸어야 하며, 3층에서는 살아남아야 한다. 3층까지 갈 수 있다면 영웅의 탑 도전을 성공한 것으로 보아도 되겠지."

위드는 그것으로 만족할 수 없었다. 3층까지 살아서 간다면 다시 내려오고 싶은 마음은 없었다.

"4층도 있는 것으로 알고 있습니다."

"4층에서는 한계를 넘어야 할 것이고, 5층은 전설을 볼 수 있을 것이다. 악독한 몬스터 무리와 맞서서, 과연 어디까지 올라갈 수 있는지 두고 보겠다."

헤라임들은 더 이상 위드에게 관심을 갖지 않았다. 설명은 충분히 했으니 알아서 행동하라는 뜻이었다.

페일과 화령, 제피 등은 영웅의 탑에 오를 자격이 없었다. 하지만 말로만 들었던 영웅의 탑을 구경할 수 있는 기회를 놓치고 싶진 않았다.

그리하여 KMC미디어 방송국에 모이기로 했다.

방송국에서는 위드가 보내오는 실시간 영상을 받을 수 있었던 것이다.

신혜민이 그들을 마중 나와 영상실로 안내하며 설명했다.

"영웅의 탑. 헤라임들이 베르사 대륙에 세운 12개의 탑. 그런데 이전에도 통과한 사람은 있었던 것 같아요."

이리엔이라는 닉네임을 쓰고 있는 김인영이 호기심 어린 눈빛을 했다.

"어떻게 아세요?"

"실은 영웅의 탑에 대해 은근히 소문이 돌고는 있었어요."

영웅의 탑은 굉장히 고급 정보에 속했다. 위치를 아는 사람이라고 해도, 자신만이 알고 있지 남들에게 알려 주려고 하지 않는다.

정보의 독점!

방송국에서도 간신히 첩보를 입수했을 정도였다.

"무슨 탑을 통과해야 진정한 전사가 될 수 있다는 이야기가 퍼져 있었거든요. 저도 영웅의 탑이란 이름을 듣고서야 그곳일 거라고 확신했어요."

어느새 영상실에 도착했다.

그곳에서는 영웅의 탑에서 벌어지는 일들이 벌써 한창 진행 중이었다.

어두컴컴한 던전.

위드와 검치 들은 엄청난 규모의 돌 골렘들과 싸우며 길을 뚫고 있었다. 검으로 베어도 불꽃만 튈 뿐, 잘 잘리지 않았다.

하지만 뒤로 돌아갈 수도 없다.

관문의 입구가 어느새 막혀 있었다.

"이게 인내의 관문이었군."

위드는 깨달았다.

골렘들을 뚫고 복잡한 미궁의 길을 찾는 게 첫 번째 관문이었다.

천장에서도 육중한 무게의 골렘들이 떨어졌다. 함정도 수없이 숨겨져 있었고, 화살들이 날아오기도 했다.

위드와 검치 들은 수많은 골렘들을 물리치며 천천히 전진을 해야 했다.

골렘들은 쉴 시간을 주지 않았다.

제자리에 있으면 사방으로 뚫린 길들에서 더 많은 골렘들이 모여든다.

미궁에서의 7시간에 걸친 전투!

몸은 점점 지쳐 갔지만 너무나 재미있었다.

'경험치가 오르고 있어. 골렘에게서 좋은 아이템도 나와.'

아무리 위험해도, 그 어떤 상황에서도 돈을 번다. 강해진다.

위드는 신이 났다.

"아자자자자자!"

기쁨에 터져 나오는 함성!

"가자!"

"다 죽여 버리자!"

검치 들도 사력을 다해서 싸웠다.

죽는 것이 두렵진 않다. 여기서 실패하는 것도 창피하지 않다. 최선을 다하지 못하고 죽는다면 그게 아쉬울 뿐이다.

그렇게 골렘을 몰아붙이고, 서로를 보살펴 가면서 2층으로 올라가는 계단을 찾았다.

골렘들과 싸우기 시작한 지 14시간이 지났을 무렵이었다.

영상실.

어느새 위드가 영웅의 탑에 도전한다는 소문이 퍼져서 방송국 직원들이 모였다.

프로그램 '위드'의 시청률은 현저하게 낮았다. 세이룬에서 제대로 보여 준 게 없으니 어쩔 수 없는 일이다.

초반, 위드의 존재감도 대단하지 않았다. 음식에, 검 갈기에, 다림질에, 붕대 감기까지 온갖 잡일을 열심히 할 뿐이다.

편집을 하지 않더라도, 전투 때에 주변 일대를 휩쓸어 버리는 공격력과 지휘 능력 외에는 볼 게 없었다.

그것만으로도 굉장하긴 하지만, 정작 전신 위드가 출현할 때마다 보여 주었던 충격적인 카리스마에는 미치지 못하는 게 사실이었다.

검치 들은 식충이 정도로밖에 안 보였다.

'하지만 이 영상을 본다면 달라지겠지.'

직원들은 뿌듯함을 느꼈다.

그들도 영상실에 와서 1시간 넘게 전투만 하는 것을 보며 처음에는 지루했다.

'골렘과 싸움만 하네.'

'지겹다, 지겨워.'

3시간이 지나도 길을 찾으면서 싸웠다.

방송실에서는 로열 로드의 영상을 4배나 되는 속도로 플레이하고 있었다.

끝없이 싸우고, 몬스터들을 뚫는다.

시청자의 입장에서도 검이 무거워진 게 눈에 보이는데도 포기하지 않는다.

처절한 사투 끝에 2층으로 향하는 계단을 찾아냈다.

가슴이 뭉클한 무언가가 있었다.

퀘스트라고 하면 다분히 이성적으로 진행이 되기 마련이다. 우선 각 종류의 직업들이 한자리에 모여서 만반의 준비를 갖춘다.

던전에 들어가고 나서도 정찰을 하고, 함정을 해체한다.

본대는 그다음에 진입한다.

마법사들의 공격과, 궁수들의 제압사격!

역으로 함정들도 설치하며, 효율적으로 싸운다.

조금만 위험하더라도 성직자들의 치료들이 엄청나게 이어진다.

대형 길드들에 한해서 흔히 쓰이는 방법이었다.

'정작 저렇게 몸으로 부딪쳐서 퀘스트를 해결하는 건 오랜만에 보는군.'

'부족한 조합을 협력과 믿음, 끈기로 해결하다니…….'

'요즘에 드문 방식이야.'

위드와 검치 들은 2층에 올라가자 양피지 두루마리들을 볼 수 있었다.

금색 스킬 북!

영웅의 탑에 준비된 보상이리라.

위드는 스킬 북을 읽었다.

스톤 스킨 : 피부를 돌처럼 단단하게 만든다. 화염과 냉기, 날카로운 무기 들로부터 몸을 보호할 수 있음.
인내력, 맷집, 스킬 레벨에 따라 방어력이 증가한다.
스킬 발동 시 마나 100 소모.
스킬 유지에 따른 마나 소모 초당 15.
몸무게가 무거워져서 민첩성이 25% 하락하고, 공격력이 15% 증가함.
제한 : 기초 수련관 통과자.
직업 제한 없음.
단, 마나 사용이 가능해야 함.

직접적으로 몸을 보호할 수 있는 스킬이었다.

워리어들의 경우에는 일시적으로 사기를 끌어 올려서 방어력을 증가시킬 수 있다. 그것과는 조금 달랐다.

마나를 훨씬 많이 소모한다는 단점이 있다. 민첩성도 하락하는 대신 공격 능력이 탁월해진다.

위드는 스킬을 보는 순간 활용 방법을 알 수 있었다.

'적들에게 둘러싸였을 때. 사방이 적일 때 사용하면 괜찮은 스킬이로군.'

워리어 계열 스킬은 전용 직업이 아닌 경우 까다로운 조건을 충족시켜야 한다.

눈 질끈 감기도 그런 류의 하나!

스톤 스킨은 둔기류의 공격이나 밀어 치는 공격에는 조금 약할 것 같지만, 그래도 방어 능력에는 많은 도움이 될 것이다.

공격적인 성향을 가진 방어 스킬은 흔치 않았다.

"스킬 습득!"

띠링!

-스톤 스킨을 익히셨습니다.

-새로운 고대 스킬 습득으로 지식이 7 늘었습니다.

-지혜가 6 향상되었습니다.

스킬을 익힌 다음에 도전을 위하여 천천히 앞으로 나아갔다.

1층처럼 어둡지 않았다.

너무 밝아서 눈이 부실 정도였다.

지면에는 시뻘건 불길들이 타오르고 있어서, 그다음 계단으로 올라가려면 불길을 지나지 않을 수 없다. 하늘을 날 수 있는 마법사라고 하더라도 천장이 낮아서 불을 피할 방법이 없었다.

"걷고 싶지 않은 길을 걸어야 한다는 것은 이런 뜻이었군. 스톤 스킨!"

위드는 방금 익힌 스킬을 발동하고, 불 위를 걸었다.

가장 빠른 길이 있다면 구태여 돌아갈 필요가 없다. 퀘스트를 해결할 수 있는 방식이 이것이라면, 꼼수를 써 내기보다는 정면 승부를 했다.

—특수한 상황에 빠지셨습니다.
스톤 스킨의 숙련도가 보통 때보다 20배 빠르게 증가합니다.

한 걸음 옮길 때마다 숙련도가 1%씩 쑥쑥 늘었다.

초급이라고 하더라도 굉장한 속도였다. 하지만 고통은 그대로이고, 줄어들지 않았다.

더 힘든 것은 환상이었다.

몸이 불로 뒤덮여서 타오른다. 손과 발이 녹아들어 가서 앙상한 뼈만 남는다.

환상까지 나타나서 괴롭히는 2층의 관문이었다.

"빨리 가야지. 3층에는 더 재미있는 관문이 기다리고 있을 테니까."

위드는 오히려 의욕을 돋우면서 걸었다.

검치 들도 뒤를 따랐다.

육체의 고통은 초월했다.

아픈 것은 마음이다.

"33년째 노총각."

"여자 친구 생각만 하면 손발이 오그라들어."

"이깟 관문 때문에 약해질 수는 없지."

걸음을 걸을 때마다 생명력 하락 속도와 피로도가 급상승했다. 하지만 스톤 스킨 덕분에 버틸 수는 있는 수준이었다.

—스톤 스킨의 스킬 레벨이 1 상승하였습니다. 피부가 돌덩어리처럼 단단해져, 적의 무기를 튕겨 낼 확률을 높입니다. 기본 방어력이 1% 증가합니다.

—스톤 스킨의 스킬 레벨이 1 상승하였습니다. 피부가 돌덩어리처럼 단단해져, 화살 공격의 피해를 줄입니다. 기본 방어력이 2% 증가합니다.

스톤 스킨이 성장하는 것을 지켜보는 것도 기쁨이었다.

"크흐흐흐흐."

위드는 몸이 아파도 즐거웠다.

육체적인 고생이 있더라도 스킬의 성장이 최고다. 다른 이들에게는 괴롭고, 걷고 싶지 않은 길이 되겠지만 스킬을 키울 수 있으니 마다할 까닭이 없다.

이윽고 3층으로 향하는 계단을 발견했다.

위드와 검치 들은 계단을 오르기 전에 충분히 휴식을 취했다. 생명력과 마나를 채운 것이다. 그리고 다시 불길로 되돌아갔다.

"스킬의 성장!"

스톤 스킨의 마스터를 위하여 불길로 뛰어든다!

위드만이 할 수 있는 생각이었다.

-스톤 스킨의 스킬 레벨이 중급이 되었습니다. 기본 방어력이 4% 증가합니다. 마법 저항력이 7% 늘어나고, 스킬 유지에 따른 마나 소비가 절반으로 감소합니다.

이때부터는 좀 더 넉넉하게 불길 속에 머무를 수 있었다.

마나 소비가 감소하면서, 마나 고갈로 스킬이 해제될지도 모른다는 긴장감도 버렸다.

검치가 이마 가득 땀을 흘리며 체조를 했다.

"어, 시원하다."

검삼치도 몸이 개운했다.

"스승님, 땀이 쫙 빠지지 않습니까?"

사우나에 온 것처럼 유유자적 즐기는 검치 들!

그들은 하루 동안이나 2층에 머물렀다.

불길, 고통을 즐기면서 스킬을 마스터하기 위한 목적 때문!

기어이 스톤 스킨을 마스터하고 나서야 3층으로 올라갔다.

영상실에서는 방송국 직원들이 입을 다물지 못하고 그 광경을 보았다.

"저 사람들이 인간인가?"

"저거 하나도 안 뜨거운 거 아냐?"

의심이 갈 수밖에 없었다.

하지만 불길은 환상이 아니었다. 위드나 검치 들이 착용하고 있는 갑옷들이 금방 일그러졌기 때문!

엄청난 고열이 아니고서야 설명이 불가능한 부분이다.

위드는 갑옷이 망가질 때마다 계속 고쳤고, 나중에는 아예 바지만을 입은 채로 불길을 즐겼다.

불속에서 수영을 하는 검십치.

양손에 고구마를 들고 구우면서 동시에 먹는 검십칠치.

쥐포를 구워 먹고 있는 검사십팔치.

위드와 검치 들에 대해서는 나름대로 잘 알고 있는 오동만조차도 가슴을 쓸어내렸다.

'난 인간이야. 내가 정상적인 인간이라는 사실이 이렇게 고마울 때가 있다니!'

지금은 위드와 검치 들을 알고 있다는 사실이 자랑거리가 될 수 없었다. 저토록 터무니없는 인간들이 있다는 현실에 또다시 놀랄 뿐.

박희연도 좌절했다.

"화염 계열의 전문 마법사로 정말 노력하면서 키웠는데. 저렇게 태평스러운 모습이라니……."

그녀가 익힌 마법 계열에 대한 회의가 들었다.

화염 마법의 고통은 상당한 수준이다.

실제와 동일하게 살이 타들어 가는 고통은 당연히 아니다. 그래도 상당한 뜨거움이 느껴질 정도이고, 고열의 화염 마법은 매우 뜨거운 온천수를 갑자기 뿌리는 것과 비견될 정도다.

그런데 위드와 검치 들에게는 조금도 통하지 않는 것 같았다.

오랫동안 불길에 있으면서 고통은 점점 누적된다. 저항력이 낮아지면서 통증의 정도가 더욱 심해진다. 아마도 저들이 느끼고 있을 아픔은 통각의 최대치에 근접했음에 틀림없다. 그럼에도 태연하게 즐기고 있었다.

"변태들. 아저씨들!"

3층에 올라갔을 때에는 스탯을 얻었다.

띠링!

-중급 수련관을 통과하셨습니다.

-맷집이 60 강해집니다.

-인내가 60 늘어납니다.

-지구력이 60 증가합니다.

맷집과 인내, 지구력이 60씩 증가!

스톤 스킨까지 마스터하면서 방어력은 거의 2배가 되었다. 현재의 수준에서 최고급 방어 아이템을 획득한 것 같은 효과를 누리게 된 것이다.

다른 영웅의 탑의 2층에서도 스톤 스킨을 얻은 유저들은 상당히 있으리라. 하지만 그 누구도 위드와 검치처럼 큰 소득을 얻은 자들은 없었다.

유난히 방어력이 약했던 검치 들에게도 약점을 보완할 수 있는 기회!

하지만 3층의 난이도는 훨씬 대단했다.

어쌔신들과 도둑들이 함정을 파고 기다리다가 습격을 가한 것이다. 독을 바른 단검과 석궁이 날아다닌다.

"썬더 라이트닝!"

"파이어 블래스터!"

"워터 애로우!"

광범위 마법 공격이 가해지기도 했다.

3층의 관문은 생존!

어쌔신과 도둑 들이 검치 들의 사이를 헤집고, 마법 공격이 줄을 이었다.

어쌔신들이나 도둑에 한눈을 파는 사이에 마법에 직격당해 맞아 죽는 이들이 생겼다. 마법을 피하려고 몸을 날리면, 그곳에는 어쌔신들이 기다리고 있다가 단검을 찌른다.

"크윽."

"빌어먹을. 이렇게 허무하게……."

검오십사치와 검칠십칠치가 죽었다. 중급 수련관 3층을 넘지 못하고 사망한 것이다.

이제 그들이 다시 되살아나면 베르사 대륙에서 시작하게 되리라.

위드가 사자후를 터트렸다.

"흩. 어. 지. 면. 안. 됩. 니. 다!"

어떠한 소란이라도 압도해 버리는 광량한 소리!

검둘치가 다급하게 물었다.

"위드야, 무슨 방법이 있느냐?"

검치를 비롯한 사범들은 무사했다.

아수라장에서라도 자신을 돌볼 수 있는 이들이었다.

하지만 갑작스러운 상황 변화에, 해결책은 미처 찾지 못했다.

"저도 아직 방법은 없습니다."

"그럼?"

"마법사들의 공격이 우리가 모여 있는 진영의 중심부로 집중되고 있습니다. 아무래도 우리가 흩어지기를 바라는 모양인데, 놈들의 뜻대로 따라 줄 수는 없습니다. 뭉쳐야 합니다."

"마법사들의 집중 공격을 당할 텐데?"

"그래도 뭉쳐야 됩니다. 흩어지더라도 3명 이상은 함께 다녀야 됩니다."

위드는 본능적으로 대응 방법을 찾아냈다.

검둘치는 그 판단을 신뢰했다.

합리적인 설득력은 부족했지만, 적들의 의표를 찌를 수 있었다.

검둘치는 도장을 이끌어 나갈 수제자로서 매번 선택을 강요받았다. 검치는 사범들과 수련생들이 경험을 쌓도록 지켜볼 뿐이다.

하지만 언제나 검둘치 본인이 선택을 할 필요는 없었다.

'내게는 믿음직한 사제들이 있다. 사제들의 판단이 옳다면 난 그것을 따른다.'

검치 들이 결집했다.

마법 공격들이 집중되고, 어쌔신과 도둑 들이 단검을 쥐고 달려오고 있었다.

위드가 외쳤다.

"스톤 스킨!"

방금 배웠던 스킬을 활용한다.

"스톤 스킨!"

"스톤 스킨!"

검치 들도 서둘러서 스킬들을 사용했다.

피부가 거대한 암석처럼 단단해졌다. 그 위를 마법들이 뒤덮었다.

콰아아아앙!

수십 개의 각양각색의 마법들이 위드와 검치 들의 위에서 터진다.

스톤 스킨의 위력 덕분에 생명력의 저하는 크지 않았다. 마스터까지 올려놓은 스킬의 덕을 톡톡히 보고 있었다.

'마법의 위력이 견딜 만해.'

검치 들은 마법에 대한 막연한 거리낌이 있었다.

몸을 쓰는 데 익숙하다 보니 마법에 익숙하지 못하다. 마법이 날아오면 일단 피하고 봤다.

검치 들만이 아니라, 누구라도 마법이 날아오면 비슷한 선택을 할 것이다.

마법의 파괴력은 직접 적중당하는 것만으로 그치지 않는다. 화염이나 얼음 덩어리, 스파크 들이 튀어 2차, 3차적인 피해를 입힌다.

철저히 일인에게만 피해를 입히는 대인 마법도 있지만, 상당수의 마법들은 넓은 지역에 복합적인 피해를 주었다.

마법사들이 최고의 공격력을 가지고 있다는 사실은 널리 공인된 바!

완전히 피하기도 어렵고, 폭발에 휘말리면 멀리 나가떨어지는 일도 빈번했다.

하지만 스톤 스킨의 효과 덕분에 마법에 직접 공격을 당하지 않는 이상 살 수 있었다.
땅에 꽂힌 마법들이 만들어 낸 2차, 3차의 폭발은 돌처럼 단단해진 피부가 막아 낸다.
검치 들은 폭풍 속에 땅에 뿌리내린 거목처럼 마법을 이겨 냈다.
"살았다."
"안 죽었어!"
그사이 어쌔신과 도둑 들이 기습을 해 왔다.
하지만 지금은 마법을 피해 도망 다니던 그 어수선한 상황이 아니었다.
채앵!
검치 들은 검을 뽑아 어쌔신과 도둑 들을 능숙하게 상대했다.
일격 필살의 공격! 애초에 어쌔신과 도둑 들은 방어를 전혀 염두에 두지 않고 덤벼 왔다.
"쳐라!"
"죽여 버렷!"
먼저 대비하고 있는 이상 어쌔신과 도둑은 무섭지 않다.
단검을 쥐고 덤벼드는 적들을 검치 들은 굳건히 자리를 지킨 채로 상대했다.
마법 공격들이 간간이 이어지고, 어쌔신과 도둑 들이 자살 공격을 해 온다.

3층에서는 말 그대로 살기 위한 싸움을 해야 했다. 잠시만 집중력을 잃어버려도 위험한 순간들이 벌어진다.

어쌔신들의 은신 기술은 매우 뛰어나서, 불과 몇 미터 앞에서만 보일 뿐이다.

불을 보면 모여드는 날파리처럼 죽음의 공격들이 이어졌다.

위드와 검치 들은 자리를 지키면서 싸워서 어쌔신과 도둑들을 모두 처리해 냈다.

그런 다음에는 남아 있는 마법사들을 각자 맡아서 없앴다.

필살의 공격, 마법의 여파로 인하여 피해가 상당히 커서 검치 들도 37명만이 남았다.

위드와 검치 들은 4층으로 향했다.

-헤라임 검술을 습득하셨습니다.

-고대 검술 습득으로 힘이 15 늘었습니다.

-민첩이 20 늘었습니다.

헤라임 검술 : 전투 종족 헤라임들이 발전시킨 기본 검술.
매우 어려운 스킬의 운용이 필요하여, 명맥이 끊어진 것으로 알려져

있다.
검을 멈추지 않은 채로 전진하면서 다섯 번의 연속 공격을 할 수 있다.
스킬의 레벨에 따라 최대 연속 공격이 가능한 횟수와 효과가 증가함.
연속 공격이 성공할 때마다 힘과 민첩이 일시적으로 늘어남.
검이 정지하거나, 연속 공격이 막히게 되면 자동으로 스킬 중단.
스킬 발동 시 마나 200 소모.
제한 : 검술을 익힌 자.
직업 제한 없음.
단, 마나 사용이 가능해야 함.

4층의 보상으로는 고대 검술을 익혔다.

특급이나 유니크 검술서가 아니라서, 어느 정도의 위력을 발휘할지는 미지수.

스킬을 익히자마자 적들이 몰려들었다.

어지간한 일에는 포기할 줄 모르는 위드조차도 4층에서는 절망감을 느꼈다.

"우리의 잠을 깨운 인간들."

"살아 있는 인간들을 죽여라."

"안식을 위하여."

저주받은 원혼의 기사들.

오래된 검과 갑옷을 차려입은 기사들이었다.

생전에 저지른 배반과 타락의 대가를 치르기 위해 끊임없이 고통받으면서 살아간다.

원혼의 기사들과 병사들이 수백이 넘게 모여 있었다. 지금도 땅에서 덜그럭대는 소리를 내며 기사들이 일어나고 있다.

위드는 검을 뽑아 들었다.

"돌파합니다."

1초에 수십 마리씩의 원혼의 기사, 병사 들이 일어나니 우선 뚫고 볼 작정!

위드와 검치 들은 일제히 한 방향으로 향했다.

"스킬 시전. 헤라임 검술!"

휘두르고, 베고, 내려찍었다.

연속 공격이 통할 때마다 검이 더욱 빨라졌다.

-1차 연속 공격이 성공하였습니다.
민첩이 20% 늘어납니다.

-2차 연속 공격이 성공하였습니다.
힘이 40% 늘어납니다.

-3차 연속 공격이 성공하였습니다.
민첩이 추가로 40% 늘어납니다.

-4차 연속 공격이 성공하였습니다.
힘이 추가로 40% 늘어납니다.

-5차 연속 공격이 성공하였습니다.
적을 혼란에 빠뜨립니다.
적의 투지를 저하시킵니다.

처음 휘두른 검보다, 두 번째로 베었던 검이 빠르다. 세 번째로 내려찍을 때에는 원혼의 기사를 무릎 꿇릴 정도로 엄청난 힘!

검은 멈추지 않았다.

부드러운 원을 그리면서 돌아온 검이 원혼의 기사의 갑옷 연결 고리 부분을 정확히 훑고 지나간다.

그리고 횡으로 크게 휘두른 다섯 번째 공격으로 적들을 날려 버렸다.

원혼의 기사를 박살을 내 놓았다.

-헤라임 검술의 숙련도가 0.2% 늘었습니다.

다섯 차례의 연속 공격을 모두 성공시키기 위해서는 균형 감각과 동체 시력, 검술 실력이 필요했다.

검을 멈추지 않게 하면서도 적들의 움직임에 즉시 반응해야 한다.

위드와 검치 들은 금방 익힌 검술이었음에도 헤라임 검술을 성공시켰다. 덤벼 오는 적들을 모조리 날려 버린 것으로 헤라임 검술의 위력을 증명했다.

하지만 그사이에 더 많은 원혼의 기사들, 병사들이 깨어나 있었다.

최소 80마리는 제압했는데 오히려 그 2배가 더 되는 적들이 증가해 있다.

"젠장."

"쉽지 않겠어."

검치와 사범들까지도 얼굴이 굳었다.

천부적인 검술 실력을 가지고 있다고 해도, 로열 로드에서는 한계가 있다.

싸울수록 생명력과 체력, 마나가 줄어드는데 적들의 숫자는 너무나도 많았다. 시간이 지날수록 끝이 보이지 않을 정도로 늘어나는 중이다.

"돌파해!"

"빨리!"

위드와 검치 들은 한 방향으로만 나아갔다.

"헤라임 검술!"

-1차 연속 공격이 성공하였습니다.
민첩이 20% 늘어납니다.

-2차 연속 공격이 성공하였습니다.
힘이 40% 늘어납니다.

-3차 연속 공격이 성공하였습니다.
민첩이 추가로 40% 늘어납니다.

-4차 연속 공격이 성공하였습니다.
힘이 추가로 40% 늘어납니다.

-5차 연속 공격이 성공하였습니다.
적이 실신합니다.
적이 공격 능력을 상실했습니다.

검술을 사용할 때마다 원혼의 기사, 병사 들이 박살이 났다.

그 주변이 초토화되고 있지만, 불과 몇 걸음 옮기기도 전에 적들이 파도처럼 밀려왔다.

검치 들의 눈빛이 차갑게 변했다.

-치명적인 일격이 터졌습니다!

연속 공격들을 급소에만 적중시킨다.

검치 들이 진지하게 전투에 임하고 있었다.

하지만 그렇다고 해서 전황이 마냥 유리하게 돌아가진 않았다.

처음에는 한쪽 방향으로 전진만 하면 되었다. 하지만 지나온 자리에 적들이 모여들면서 뒤도 신경을 써야 한다.

결국 둥글게 원을 그리고 나아갔는데, 그럴수록 전진하는 속도는 늦춰졌다.

4층의 삼분의 일도 오지 않아서 죽는 이들이 생겼다.

"커윽!"

"이런 곳에서 죽음이라니 아쉽다."

후회 없이 싸웠다.

실수를 한 것도 아니지만 힘과 체력이 빠진 것이다.

검치 들의 일부가 무너지자, 전체가 무너지는 것도 금방이었다.

다 같이 싸웠으니 지쳐서 거의 한순간에 무너지고 만 것.

검치 들이 모두 죽음을 당했다.

위드 혼자 남아서 분전을 했다.

"조각 검술!"

가장 기초적인 검술.

마나 소모가 적은 검술을 사용하면서 적들과 싸웠다.

원혼의 기사들, 병사들이 내지르는 창과 검에 상처를 받으면서도 사납게 날뛰었다.

치명타, 치명타, 치명타!

원혼의 기사들이 목숨을 잃고, 병사들이 나가떨어진다.

위드 혼자서는 더 이상 앞으로 나아갈 수 없었다. 적들이 공격을 가할 때마다 상처가 늘어난다.

'빌어먹을!'

워리어를 능가하는 인내력과 맷집이 아니었더라면 이미 죽었을 상황.

눈 질끈 감기 스킬도 사용할 수 없었다.

사방이 적이라서 공격을 하면서도 몸을 가만히 둘 수 없었기 때문이다.

위드는 홀로 적들의 틈에서 용맹하게 10분 넘게 싸웠다.

체력 5% 이하, 마나는 거의 다 소진. 생명력도 23%도 남지 않았으니 승산이 없었다.

체력이 떨어지면서 검을 들고 있는 팔이 천근처럼 무거웠다. 몸이 평소처럼 원활하게 잘 움직이지 않았다.

"한 놈이라도 더 데려간다!"

적들의 무기를 쳐 내는 것도 포기했다.

무기를 쳐 내는 것도 일정량의 힘과 체력을 필요로 한다. 그럴 바에야 1마리라도 적을 더 줄이는 쪽을 택했다.

위드가 방어를 완전히 포기하면서 상처들이 급속도로 빠르게 늘었다. 그 대가로 원혼의 기사의 투구에 검을 찔러 넣을 수 있었다.

"여기까지인가?"

위드는 적의 공격을 막는 것은 포기했다. 하지만 아이템을 줍는 것만큼은 포기하지 않았다.

한자리에서 오래 싸우면서 수북하게 모인 아이템들, 잡템들!

원혼의 기사 특성상 고철에 가까운 물건들이 많았다. 그래도 제련의 과정을 거치면 재활용할 수도 있다.

가끔은 보석들이나 황금이 떨어지기도 했다.

그대로 내버려 두면 원혼의 기사들이나 병사들이 가져갈 수도 있었다.

휘리리리릭!

위드는 땅바닥을 굴렀다.

집중된 손놀림에, 주변 일대의 아이템들이 빠르게 품 안으로 들어왔다. 비싼 아이템들을 우선으로, 최후의 잡템까지 빠뜨리지 않았다.

그리고 원혼의 기사의 검에 목숨을 잃었다.

―사망하셨습니다.

최후까지 항전하던 위드가 죽었다.

원혼의 기사들과 병사들은 다시 원래의 자리로 돌아갔다.

"끼릭끼릭. 도전자들은 죽음으로."

"우리의 저주를 옮겨 주었어야 하는데 아쉽다."

"이제 이곳은 다시 안식을 얻으리라."

흉소를 터트리면서 도전해 온 인간들을 비웃기도 했다.

그렇게 이것으로 모든 것이 종료되었다고 믿었을 때!

위드가 죽었던 자리에서 뼈다귀가 일어났다.

보기 흉한 뼈칼을 들고 있는 새하얀 스켈레톤!

네크로맨서 바라볼이 주었던 권능, 죽음을 거부할 수 있는 힘 때문에 스켈레톤 나이트가 되어서 되살아난 것이다.

영상실에 국장이 내려왔다. 위드와 검치 들이 영웅의 탑에 도전하고 있다는 사실이 알려졌기 때문이다.

강 부장과 연출부의 직원들도 모두 모여서 지켜보는 중이었다.

“저렇게 화려하고 정확한 움직임이라니.”

“저런 정밀한 움직임을 보여 주는 유저는 지금까지 거의 없었지?”

“허. 어쌔신과 도둑 들의 공격을 받으면서도 별로 당황도 하지 않는군.”

“어떻게 저렇게 많은 사람들이 완벽하게 서로를 보조해 가면서 싸울 수 있는 거지?”

전투는 감탄의 연속이었다.

스톤 스킨을 마스터하기 위하여 불길에서 목욕을 한 것도 굉장했다. 하지만 역시 싸움 구경을 빼뜨려 놓을 수 없다.

위드와 검치 들이 싸우는 장면을 보고 있으면 넋을 놓을 정도로 대단했다. 감탄밖에 나오지 않았다.

“이제 드디어 4층인가?”

“4층에 도전한다.”

방송국에서도 알음알음 입 소문으로만 조금 퍼져 있던 영웅의 탑을 보는 것은 처음이었다.

1층이나 2층도 아닌 4층까지 보는 건 더 흥분되는 일이다.

위드와 검치 들은 4층에 올라가서도 엄청난 투혼을 보여 주었다.

그 어떤 영화라고 하더라도 담기 어려울 정도로 박진감 넘치는 전투들이 이어진다. 싸움을 위해 태어난 것 같은 전사들이 대활약을 하면서 적들과 싸운다.

전율이 흘렀다.

자기도 모르게 손에 힘이 들어갈 정도였다.

단지 지켜보는 것만으로도 숨이 가빠 오고 흥분되게 만든다.

퇴로가 없는 곳에서 절대로 이길 수 없는 적과 마지막까지 싸우는 것이기에 더욱 빠져 드는 것이리라.

검치 들이 전멸했다.

위드조차도 뛰어난 모습을 보여 주기는 했지만 목숨을 잃었다.

“아!”

절로 탄식이 흘러나온다.

오동만과 신혜민, 김인영처럼 위드와 검치 들을 잘 아는 사람들은 물론이고, 방송국 직원들도 자신들 일처럼 안타까워했다.

영웅의 탑을 통과하는 모습을 보면서, 어느새부터인가 위드와 검치 들에게 감정이 이입되었기 때문이리라.

"역시 안 되는 건 안 되는 건가?"

"처음부터 무리였어. 그래도 저만큼 간 것도 대단해. 우리였다면 엄두도 못 냈을 텐데."

허탈하고 기진맥진했다.

이틀, 혹은 사흘은 꼬박 밤을 새운 것처럼 아무것도 할 수 없을 듯한 기분이 들었다.

그렇게 마지막으로 전송되고 있는 화면을 멍하니 보고 있을 때였다.

위드가 죽었던 장소에서 해골이 일어났다.

왠지 친숙한 느낌의 해골이었다.

차가운 장미 길드가 이끌었던 원정대가 본 드래곤 쿠렌베르크와 싸울 때, 모든 이들이 포기하고 있던 바로 그때 나타났던 스켈레톤!

네크로맨서 마법으로 수천에 달하는 언데드들을 일으켰다.

와이번을 타고 본 드래곤과 신기에 가까운 공중전을 벌였다.

빙룡을 수하로 부리기도 하였다.

그때의 충격은 이루 말할 수 없다.

그 근원의 스켈레톤과는 조금 다른 모습이었지만, 다시금 스켈레톤이 일어난 것이다.

방송국 직원들이 흥분해서 소리쳤다.

"왔다!"

"전신 워드다!"

to be continued

ROK MEDIA
로크미디어
One for all
원포올
일라잇 스포츠 장편소설
작렬하는 슛, 대지를 가르는 패스
한계를 모르는 도전이 시작된다!
축구 선수의 꿈을 품은 이강연
냉혹한 현실에 부딪혀 방황하던 중
운명과도 같은 소리가 귓가에 들어오는데……
당신의 재능을 발굴하겠습니다!
세계로 뻗어 나갈 최고의 축구 선수를 키우는
'One For All' 프로젝트에, 지금 바로 참가하세요!
단 한 번의 기회를 잡기 위해
피지컬 만렙, 넘치는 재능을 가진 경쟁자들과
최고의 자리를 두고 한판 승부를 벌인다!
실력만이 모든 것을 증명하는
거친 그라운드에서 당당히 살아남아라!

ROK MEDIA
로크미디어
기갑천마
거짓이슬 퓨전 판타지 장편소설
종말을 막지 못한 절대자
복수의 기회를 얻다!
무림을 침략한 마수와의 운명을 건 쟁투
그 마지막 싸움에서 눈감은 무림의 천하제일인, 천휘
종말을 앞둔 중원이 아닌 새로운 세상에서 눈을 뜨는데……
"천휘든 단테든, 본좌는 본좌이니라."
이제는 백월신교의 마지막 교주가 아닌 평민 훈련병, 단테
그럼에도 오로지 마수의 숨통을 끊기 위해
절대자의 일 보를 다시금 내딛다!
에이스 기갑 파일럿 단테
마도 공학의 결정체, 나이트 프레임에 올라
마수들을 처단하고 세상을 구원하라!